Oscar Wilde

Der glückliche Prinz

und andere Märchen

Übersetzt von Wilhelm Cremer

Oscar Wilde: Der glückliche Prinz und andere Märchen

Übersetzt von Wilhelm Cremer.

The Happy Prince and Other Tales. Erstdruck 1888. Hier in der Übersetzung von Wilhelm Cremer, Berlin, Neufeld und Henius, 1922.

Vollständige Neuausgabe
Herausgegeben von Karl-Maria Guth
Berlin 2016

Umschlaggestaltung von Thomas Schultz-Overhage unter Verwendung des Bildes: Charles Robinson, Originalillustration aus »The Happy Prince and Other Tales«.

Gesetzt aus der Minion Pro, 11 pt

Die Sammlung Hofenberg erscheint im
Verlag der Contumax GmbH & Co. KG, Berlin
Herstellung: BoD – Books on Demand, Norderstedt

ISBN 978-3-8430-5289-4

Bibliografische Information der Deutschen Nationalbibliothek

Die Deutsche Nationalbibliothek verzeichnet diese Publikation in der Deutschen Nationalbibliografie; detaillierte bibliografische Daten sind im Internet über www.dnb.de abrufbar.

Inhalt

Der glückliche Prinz

Hoch über der Stadt auf einer schlanken Säule stand die Statue des glücklichen Prinzen. Er war ganz und gar mit dünnen Blättern von reinem Gold überzogen, als Augen hatte er zwei strahlende Saphire, und ein großer roter Rubin glühte auf seinem Schwertgriff.

Er wurde auch wirklich sehr bewundert. »Er ist so schön wie ein Wetterhahn«, bemerkte einer der Ratsherren, der nach dem Ruf strebte, künstlerischen Geschmack zu besitzen; »nur nicht ganz so nützlich«, fügte er hinzu, denn er fürchtete, die Leute könnten ihn für unpraktisch halten, und das war er wirklich nicht.

»Warum kannst du nicht wie der glückliche Prinz sein?« fragte eine vernünftige Mutter ihren kleinen Jungen, der verlangend nach dem Mond schrie. »Der glückliche Prinz denkt nicht im Traum daran, nach etwas zu schreien.«

»Gott sei Dank, es gibt wenigstens einen Menschen auf der Welt, der ganz glücklich ist«, murrte ein enttäuschter Mann, als er einen Blick auf die wundervolle Statue warf. »Er sieht ganz aus wie ein Engel«, sagten die Waisenkinder, als sie in ihren, hellroten Mänteln und den reinen, weißen Lätzchen aus dem Dom kamen.

»Woher wißt ihr das?« fragte der Mathematikprofessor, »ihr habt doch nie einen Engel gesehen.«

»O doch, in unseren Träumen«, antworteten die Kinder; und der Mathematikprofessor runzelte die Stirne und blickte sehr strenge drein, denn er billigte es nicht, daß Kinder träumten. Eines Abends flog eine kleine Schwalbe über die Stadt. Ihre Freunde waren schon vor sechs Wochen nach Ägypten geflogen, aber sie war zurückgeblieben, denn sie liebte das allerschönste Schilfrohr. Sie hatte es zu Anfang des Frühlings getroffen, als sie hinter einer dicken, gelben Motte den Fluß hinabflog, und sie war so durch seinen schlanken Wuchs angezogen worden, daß sie halt gemacht hatte, um mit ihm zu reden.

»Soll ich dich lieben?« fragte die Schwalbe, die gern sofort zur Sache kam, und das Schilfrohr machte ihr eine tiefe Verneigung. So flog sie immerfort um das Rohr herum, indem sie mit ihren Flügeln das Wasser berührte und kleine silberne Wellen machte. Das war ihr Liebeswerben, und es dauerte den ganzen Sommer.

»Es ist ein lächerliches Verhältnis«, zwitscherten die andern Schwalben; »das Rohr hat kein Geld und eine viel zu große Verwandtschaft«, und wirklich war der Fluß ganz voll von Schilfrohr. Dann, als der Herbst kam, flogen sie alle davon. Als sie verschwunden waren, fühlte die Schwalbe sich einsam und begann, seiner Geliebten müde zu werden. »Es weiß sich nicht zu unterhalten«, sagte sie, »und ich fürchte, es ist kokett, denn es liebäugelt immer nach dem Wind.« Und in der Tat, so oft der Wind wehte, machte das Schilfrohr die anmutigsten Verneigungen. »Ich gebe zu, daß es häuslich ist«, fuhr die Schwalbe fort, »aber ich liebe das Reisen, und meine Frau sollte infolgedessen auch das Reisen lieben.«

»Willst du mit mir kommen?« fragte sie schließlich; aber das Schilfrohr schüttelte seinen Kopf, es hing zu sehr an seinem Heim.

»Du hast mit mir gescherzt«, rief die Schwalbe. »Ich reise nach den Pyramiden. Lebe wohl!« und sie flog davon.

Sie flog den ganzen Tag über, und gegen Abend langte sie in der Stadt an. »Wo soll ich einkehren?« fragte sie; »hoffentlich hat die Stadt Vorkehrungen getroffen.«

Dann sah sie die Statue auf der schlanken Säule.

»Dort will ich einkehren«, rief sie; »es ist eine hübsche Lage mit recht viel frischer Luft.« So ließ sie sich gerade zwischen den Füßen des glücklichen Prinzen nieder.

»Ich habe ein goldenes Schlafzimmer«, sprach sie sanft zu sich selbst, als sie sich umsah, und sie schickte sich an, einzuschlafen; aber gerade, als sie ihren Kopf unter ihren Flügel steckte, fiel ein großer Tropfen Wasser auf sie herab. »Wie seltsam!« rief sie; »nicht eine einzige Wolke ist am Himmel, die Sterne sind ganz hell und klar, und doch regnet es. Das Klima im nördlichen Europa ist wirklich schrecklich. Das Schilfrohr pflegte zwar den Regen zu lieben, aber das war nur seine Selbstsucht.«

Wieder fiel ein Tropfen.

»Was hat man von einer Statue, wenn sie nicht gegen den Regen schützt?« meinte die Schwalbe; »ich muß mir einen guten Kamin suchen«, und sie beschloß, fortzufliegen.

Aber bevor sie ihre Flügel geöffnet hatte, fiel ein dritter Tropfen, sie blickte auf und sah – – ja, was sah sie wohl? Die Augen des glücklichen Prinzen waren mit Tränen gefüllt, und Tränen rannen über seine goldenen Wangen hinab. Sein Gesicht war so schön im Mondlicht, daß die kleine Schwalbe von Mitleid ergriffen wurde.

»Wer bist du?« fragte sie.

»Ich bin der glückliche Prinz.«

»Warum weinst du dann?« fragte die Schwalbe; »du hast mich ganz naß gemacht.«

»Als ich noch lebte und ein menschliches Herz hatte«, antwortete die Statue, »da wußte ich nicht, was Tränen waren, denn ich lebte im Palast Sorgenfrei, wo dem Leid der Eintritt verboten ist. Den Tag über spielte ich mit meinen Gefährten im Garten, und des Abends führte ich den Tanz an im Großen Saal. Rund um den Garten zog sich eine ganz hohe Mauer, aber ich hielt es nie für der Mühe wert, danach zu fragen, was wohl dahinter lag, denn um mich herum war alles so schön. Meine Höflinge nannten mich den glücklichen Prinzen, und glücklich war ich auch wirklich, wenn Vergnügen ein Glück ist. So lebte ich, und so starb ich. Und jetzt, da ich tot bin, haben sie mich hier so hoch aufgestellt, daß ich alle Häßlichkeit und alles Elend meiner Stadt sehen kann, und wenn auch mein Herz aus Blei gemacht ist, so muß ich doch immerzu weinen.«

»Wie! Er ist nicht aus gediegenem Gold?« sagte die Schwalbe zu sich selbst. Sie war zu höflich, laut irgendeine Anspielung zu machen.

»Weit von hier«, fuhr die Statue mit leiser, wohlklingender Stimme fort, »weit von hier in einer kleinen Straße steht ein ärmliches Haus. Eins von den Fenstern ist offen, und ich kann eine Frau sehen, die an einem Tisch sitzt. Ihr Gesicht ist mager und müde, und sie hat grobe, rote Hände, die ganz von Nadeln zerstochen sind, denn sie ist eine Näherin. Sie stickt Passionsblumen auf ein seidenes Kleid, das die lieblichste der Ehrendamen der Königin auf dem nächsten Hofball tragen soll. In der Ecke des Zimmers liegt ihr kleiner Junge krank in einem Bett. Er hat Fieber und verlangt nach Apfelsinen. Seine Mutter kann ihm nur Flußwasser geben, deshalb weint er. Schwalbe, Schwalbe, kleine Schwalbe, willst du ihr nicht den Rubin aus meinem Schwertgriff bringen? Meine Füße sind auf diesem Postament befestigt, und ich kann mich nicht bewegen.«

»Ich werde in Ägypten erwartet«, sagte die Schwalbe. »Meine Freunde fliegen den Nil hinauf und hinab und sprechen mit den großen Lotosblumen. Bald werden sie in dem Grab des großen Königs schlafen gehen. Der König liegt dort in seinem bemalten Sarg. Er ist in gelbe Leinwand gehüllt und mit Spezereien einbalsamiert. Um seinen Hals hängt eine Kette von bleichen, grünen Jadesteinen, und seine Hände sind wie verwelkte Blätter.«

»Schwalbe, Schwalbe, kleine Schwalbe«, sagte der Prinz, »willst du nicht eine Nacht bei mir bleiben und mein Bote sein? Der Knabe ist so durstig und seine Mutter so traurig.« »Ich liebe eigentlich Knaben nicht«, antwortete die Schwalbe. »Letzten Sommer, als ich mich an dem Flusse aufhielt, da waren dort zwei rohe Knaben, die Söhne des Müllers, die immerfort Steine nach mir warfen. Sie trafen mich natürlich nie, dafür fliegen wir Schwalben viel zu gut, und ich stamme auch außerdem aus einer Familie, die berühmt ist wegen ihrer Gewandtheit; aber immerhin war es ein Zeichen von Respektlosigkeit.«

Aber der glückliche Prinz machte ein so trauriges Gesicht, daß er der kleinen Schwalbe leid tat. »Es ist hier sehr kalt«, sagte sie; »aber eine Nacht will ich bei dir bleiben und dein Bote sein.«

»Ich danke dir, kleine Schwalbe«, sagte der Prinz.

So pickte denn die Schwalbe den großen Rubin von des Prinzen Schwert herab und trug ihn im Schnabel über die Dächer der Stadt.

Sie kam an den Domtürmen vorbei, wo die weißen Marmorengel ausgemeißelt waren. Sie kam am Palast vorüber und hörte, wie man drinnen tanzte. Ein schönes Mädchen trat mit ihrem Geliebten auf den Balkon heraus. »Wie wundervoll sind die Sterne«, sagte er zu ihr, »und wie wundervoll ist die Macht der Liebe!«

»Hoffentlich wird mein Kleid rechtzeitig zum Hofball fertig«, antwortete sie; »ich habe bestellt, daß es mit Passionsblumen bestickt wird; aber die Näherinnen sind so faul.«

Die Schwalbe flog über den Fluß und sah die Laternen an den Schiffsmasten hängen. Sie flog über das Ghetto und sah, wie die alten Juden miteinander handelten und in kupfernen Wagschalen Geld abwogen. Schließlich kam sie zu dem ärmlichen Hause und blickte hinein. Der Knabe hustete fiebrig in seinem Bett, und die Mutter war vor Müdigkeit eingeschlafen. Die Schwalbe hüpfte hinein und legte den großen Rubin neben den Fingerhut der Frau. Dann flog sie leise um das Bett, indem sie die Stirne des Knaben mit ihren Flügeln fächelte. »Wie kühl ist es mir«, sagte der Knabe, »ich glaube, es geht mir besser«, und er sank in einen erquickenden Schlummer.

Dann flog die Schwalbe zurück zum glücklichen Prinzen und erzählte ihm, was sie getan hatte. »Es ist seltsam«, meinte sie, »aber ich fühle mich jetzt ganz warm, obgleich es so kalt ist.« »Das kommt, weil du eine gute Tat getan hast«, sagte der Prinz. Und die kleine Schwalbe begann zu denken und fiel dann in Schlaf. Denken machte sie immer schläfrig.

Als der Tag anbrach, flog sie zum Fluß hinab und nahm ein Bad. »Welch ein bemerkenswertes Phänomen«, sagte der Professor der Ornithologie, als er über die Brücke ging. »Eine Schwalbe im Winter!« Und er schrieb einen langen Bericht darüber an die Zeitung der Stadt. Alles sprach über diesen Bericht, denn er war voll von Ausdrücken, die niemand verstand.

»Heute abend fliege ich nach Ägypten«, sagte die Schwalbe und wurde bei der Aussicht sehr fröhlich. Sie besuchte alle öffentlichen Denkmäler und saß lange Zeit oben auf dem Kirchturm. Überall, wohin sie kam, zirpten die Spatzen und sagten zueinander: »Was für ein vornehmer Fremder!« so daß sie sich sehr gut unterhielt.

Als der Mond aufging, flog sie zum glücklichen Prinzen zurück. »Hast du einen Auftrag nach Ägypten?« rief sie; »ich reise gerade ab.«

»Schwalbe, Schwalbe, kleine Schwalbe«, sagte der Prinz; »willst du nicht noch eine Nacht bei mir bleiben?«

»Ich werde in Ägypten erwartet«, antwortete die Schwalbe. »Morgen wollen meine Freunde zum Zweiten Wasserfall hinauffliegen. Das Flußpferd kauert dort zwischen den Binsen, und auf einem großen Granitthron sitzt der Gott Memnon. Die ganze Nacht durch beobachtet er die Sterne, und wenn der Morgenstern scheint, stößt er einen Freudenruf aus, und dann ist er still. Um Mitternacht kommen die gelben

Löwen an den Rand des Wassers, um zu trinken. Sie haben Augen wie grüne Berylle, und ihr Brüllen ist lauter als das Brüllen des Wasserfalles.«

»Schwalbe, Schwalbe, kleine Schwalbe«, sagte der Prinz, »weit von hier, am Rande der Stadt, sehe ich einen jungen Mann in einer Dachkammer. Er lehnt sich über ein Pult, das mit Papieren bedeckt ist, und neben ihm in einem Glase steht ein Bund verwelkter Veilchen. Sein Haar ist braun und kraus, seine Lippen sind rot wie Granatäpfel, und er hat große und verträumte Augen. Er versucht, ein Stück für den Direktor des Theaters fertigzustellen, aber ihm ist zu kalt, um noch etwas zu schreiben. Im Kamin brennt kein Feuer, und der Hunger hat ihn ganz matt gemacht.«

»Ich will noch eine Nacht bei dir verweilen«, sagte die Schwalbe, die wirklich ein gutes Herz hatte. »Soll ich ihm auch einen Rubin bringen?«

»Ach, ich habe jetzt keinen Rubin mehr«, sagte der Prinz, »meine Augen sind alles, was mir geblieben ist. Sie sind aus seltenen Saphiren gemacht, die man vor tausend Jahren aus Indien gebracht hat. Picke einen aus und bring' ihn ihm. Er wird ihn an einen Juwelier verkaufen, sich Nahrung und Brennholz verschaffen und sein Stück beenden.«

»Lieber Prinz«, sagte die Schwalbe, »das kann ich nicht tun«, und sie begann zu weinen.

»Schwalbe, Schwalbe, kleine Schwalbe«, sagte der Prinz, »tu nur, wie ich dir gesagt habe.«

Da pickte die Schwalbe des Prinzen Auge aus und flog damit zu des Studenten Dachkammer. Es war ganz leicht hineinzukommen, denn im Dach befand sich ein Loch. Sie schoß hindurch und gelangte ins Zimmer. Der junge Mann hatte seinen Kopf in seinen Händen vergraben, so daß er das Flattern der Schwalbenflügel nicht hörte, und als er aufblickte, fand er den schönen Saphir auf den verwelkten Veilchen liegen.

»Man beginnt mich zu schätzen«, sagte er; »dies ist von einem großen Verehrer. Jetzt kann ich mein Stück beenden«, und er sah sehr glücklich aus.

Am nächsten Tag flog die Schwalbe zum Hafen hinunter. Sie saß auf dem Mast eines großen Schiffes und beobachtete die Matrosen, wie sie schwere Kisten an Stricken aus dem Schiffsbauch heraufzogen. »Hebt – an!« schrien sie jedesmal, wenn eine Kiste heraufkam. »Ich reise nach

Ägypten«, rief die Schwalbe, aber niemand bekümmerte sich darum, und als der Mond aufging, flog sie zurück zum glücklichen Prinzen.

»Ich bin gekommen, um dir Lebewohl zu sagen«, rief sie.

»Schwalbe, Schwalbe, kleine Schwalbe«, sagte der Prinz, »willst du nicht noch eine Nacht bei mir bleiben?«

»Es ist Winter«, antwortete die Schwalbe, »und bald wird der kalte Schnee hier sein. In Ägypten brennt die Sonne warm auf den grünen Palmzweigen, und die Krokodile liegen im Schlamm und blicken träge umher. Meine Gefährten bauen ein Nest im Tempel von Baalbek, und die blaßroten und weißen Tauben beobachten sie und girren sich zu. Lieber Prinz, ich muß dich verlassen, aber ich will dich nie vergessen, und nächstes Frühjahr werde ich dir zwei schöne Edelsteine bringen für die, die du fortgegeben hast. Der Rubin soll röter sein als eine rote Rose, und der Saphir so blau wie die weite See.«

»Unten auf dem Platz«, sagte der glückliche Prinz, »da steht ein kleines Streichholzmädchen. Sie hat ihre Streichhölzer in den Rinnstein fallen lassen, und sie sind alle verdorben. Ihr Vater wird sie schlagen, wenn sie kein Geld nach Hause bringt, deshalb weint sie. Sie hat weder Schuhe noch Strümpfe, und ihr kleiner Kopf ist bloß. Picke mein anderes Auge aus und bringe es ihr, dann wird ihr Vater sie nicht schlagen.«

»Ich will noch eine Nacht bei dir bleiben«, sagte die Schwalbe, »aber dein Auge kann ich nicht auspicken. Du würdest dann ganz blind sein.«

»Schwalbe, Schwalbe, kleine Schwalbe«, sagte der Prinz, »tue, wie ich dir gesagt habe.«

So pickte sie denn das andere Auge des Prinzen aus und flog damit hinab. Sie schoß hinter das Streichholzmädchen und ließ den Edelstein in ihre hohle Hand gleiten. »Was für ein köstliches Stück Glas«, rief das kleine Mädchen; und sie rannte jubelnd nach Hause.

Dann kam die Schwalbe zurück zu dem Prinzen. »Du bist jetzt blind«, sagte sie, »deshalb will ich immer bei dir bleiben.« »Nein, kleine Schwalbe«, sagte der arme Prinz, »du mußt fortgehen nach Ägypten.«

»Ich werde immer bei dir bleiben«, sagte die Schwalbe, und sie schlief zu des Prinzen Füßen.

Den ganzen nächsten Tag saß sie auf des Prinzen Schulter und erzählte ihm Geschichten von allem, was sie in seltsamen Ländern gesehen hatte. Sie erzählte ihm von roten Ibissen, die in langen Reihen auf den Bänken am Nil stehen und in ihren Schnäbeln Goldfische fangen; von der Sphinx, die so alt ist wie die Welt, die in einer Wüste lebt und alles weiß; von Kaufleuten, die langsam neben ihren Kamelen dahinschreiten und Bernsteinperlen in ihrer Hand tragen; von dem König der Mondberge, der so schwarz ist wie Ebenholz und einen großen Kristall anbetet; von der großen, grünen Schlange, die in einem Palmbaum schläft und zwanzig Priester hat, die sie mit Honigkuchen füttern; und von den Pygmäen, die über einen weiten See auf großen, flachen Blättern dahinsegeln und immer im Kriege mit den Schmetterlingen sind.

»Liebe, kleine Schwalbe«, sagte der Prinz, »du erzählst mir von wunderbaren Dingen, aber wunderbarer als alles ist das Leiden von Männern und Frauen. Kein Geheimnis ist so groß als das Elend. Fliege über meine Stadt und erzähle mir, was du dort siehst.«

Da flog nun die Schwalbe über die große Stadt und sah, wie sich die Reichen in ihren schönen Häusern belustigten, während die Bettler an den Toren saßen. Sie flog in dunkle Gassen und sah die blassen Gesichter verhungernder Kinder gleichgültig auf die schwarzen Straßen starren. Unter einem Brückenbogen lagen zwei kleine Knaben aneinander geschmiegt und versuchten, sich warm zu halten. »Wie hungrig wir sind!« sagten sie. »Ihr dürft hier nicht liegen«, rief der Wächter, und sie wanderten hinaus in den Regen.

Dann flog sie zurück und erzählte dem Prinzen, was sie gesehen hatte.

»Ich bin mit reinem Gold bedeckt«, sagte der Prinz, »du mußt es Blatt für Blatt abnehmen und es meinen Armen geben; die Lebenden glauben immer, daß Gold sie glücklich machen kann.«

Blatt auf Blatt von dem reinen Gold pickte die Schwalbe ab, bis der glückliche Prinz ganz stumpf und grau aussah. Blatt auf Blatt von dem reinen Gold brachte sie den Armen, und die Gesichter der Kinder röteten sich, und sie lachten und spielten ihre Spiele in den Straßen. »Jetzt haben wir Brot!« riefen sie.

Dann kam der Schnee, und nach dem Schnee kam der Frost. Die Straßen sahen aus, als seien sie aus Silber gemacht, so glänzten und gleißten sie; lange Eiszapfen hingen wie Kristalldolche von den Dachrinnen herab, alles ging in Pelzen, und die kleinen Knaben trugen rote Kappen und liefen Schlittschuh auf dem Eis.

Die arme, kleine Schwalbe wurde kälter und kälter, aber sie wollte den Prinzen nicht verlassen, sie liebte ihn zu sehr. Sie pickte Krümel vor des Bäckers Türe auf, wenn der Bäcker nicht hinsah, und versuchte, sich warm zu halten, indem sie mit den Flügeln schlug.

Aber zuletzt wußte sie, daß sie sterben mußte. Sie hatte gerade die Kraft, noch einmal auf die Schulter des Prinzen zu fliegen.

»Leb' wohl, lieber Prinz«, flüsterte sie, »darf ich deine Hand küssen?«

»Ich freue mich, daß du endlich nach Ägypten gehst, kleine Schwalbe«, sagte der Prinz, »du hast dich viel zu lang hier aufgehalten; aber du mußt mich auf die Lippen küssen, denn ich liebe dich.«

»Ich gehe nicht nach Ägypten«, sagte die Schwalbe. »Ich gehe in das Haus des Todes. Der Tod ist der Bruder des Schlafes, nicht wahr?«

Und sie küßte den glücklichen Prinzen auf die Lippen und sank tot zu seinen Füßen hin.

In diesem Augenblick ertönte ein seltsames Krachen in der Statue, als sei darin etwas zerbrochen. Das bleierne Herz war vollständig entzweigesprungen. Es herrschte aber auch wirklich ein grimmig starker Frost.

Früh am nächsten Morgen ging unten über den Platz der Bürgermeister in Gesellschaft der Stadträte. Als sie an der Säule vorbeikamen, blickte er zur Statue empor: »Lieber Himmel! wie schäbig der glückliche Prinz aussieht!« sagte er. »Er sieht wirklich schäbig aus!« schrien die Stadträte, die immer mit dem Bürgermeister übereinstimmten; und sie stiegen hinauf, um ihn zu betrachten.

»Der Rubin ist aus seinem Schwert gefallen, die Augen sind fort, und er hat keine Vergoldung mehr«, sagte der Bürgermeister; »er ist wahrhaftig nicht viel mehr wert als ein Bettler!«

»Nicht viel mehr wert als ein Bettler«, sagten die Stadträte. »Und hier liegt tatsächlich ein toter Vogel zu seinen Füßen!« fuhr der Bürgermeister fort. »Wir müssen wirklich eine Verordnung erlassen, daß Vögeln nicht erlaubt ist, hier zu sterben.« Und der Stadtschreiber notierte sich die Anregung. So rissen sie denn die Statue des glücklichen Prinzen herab.

»Da er nicht mehr schön ist, ist er nicht mehr nützlich«, sagte der Professor der schönen Künste an der Universität.

Dann schmolzen sie die Statue in einem Schmelzofen, und der Bürgermeister veranstaltete eine Ratssitzung, um zu entscheiden, was mit dem Metall geschehen sollte. »Natürlich müssen wir eine andere Statue haben«, sagte er, »und es soll eine Statue von mir sein.«

»Von mir«, sagte jeder der Stadträte, und sie zankten sich. Als ich das letztemal von ihnen hörte, zankten sie sich noch immer.

»Was für eine merkwürdige Sache!« sagte der Werkmeister in der Gießerei. »Dieses zerbrochene Bleiherz will in dem Ofen nicht schmelzen. Wir müssen es wegwerfen.« So warfen sie es auf einen Kehrichthaufen, wo auch schon die tote Schwalbe lag.

»Bringe mir die beiden kostbarsten Dinge, die es in der Stadt gibt«, sagte Gott zu einem seiner Engel, und der Engel brachte ihm das bleierne Herz und den toten Vogel.

»Du hast recht gewählt«, sagte Gott, »denn in meinem Paradiesgarten soll dieser kleine Vogel für immer singen, und in meiner goldenen Stadt soll mich der glückliche Prinz preisen.«

Die Nachtigall und die Rose

»Sie sagte, sie würde mit mir tanzen, wenn ich ihr rote Rosen brächte«, rief der junge Student; »aber in meinem ganzen Garten ist keine rote Rose.«

Aus ihrem Nest auf dem Stamme der Steineiche hörte ihn die Nachtigall, und sie blickte neugierig durch die Blätter hinaus. »Keine rote Rose in meinem ganzen Garten!« rief er, und seine schönen Augen füllten sich mit Tränen. »Ach, von was für Kleinigkeiten hängt das Glück ab! Ich habe alles gelesen, was die weisen Männer geschrieben haben, und alle Geheimnisse der Philosophie sind mein, aber weil mir eine rote Rose fehlt, ist mein Leben elend geworden.«

»Hier ist doch endlich einer, der wahrhaft liebt«, sagte die Nachtigall. »Nacht für Nacht habe ich von ihm gesungen, obgleich ich ihn nicht kannte: Nacht für Nacht habe ich den Sternen seine Geschichte erzählt, und jetzt sehe ich ihn. Sein Haar ist dunkel wie die Hyazinthenblüte, und seine Lippen sind rot wie die Rose, nach der er verlangt; aber Leidenschaft hat sein Gesicht zu bleichem Elfenbein gemacht, und Kummer hat sein Siegel auf seine Stirne gedrückt.«

»Der Prinz gibt morgen abend einen Ball«, murmelte der junge Student, »und meine Geliebte wird ihn mitmachen. Wenn ich ihr eine rote Rose bringe, wird sie mit mir tanzen bis zum Morgen. Wenn ich ihr eine rote Rose bringe, werde ich sie in meinen Armen halten, sie wird ihr Haupt an meine Schulter lehnen, und ihre Hand wird sich in meine schließen. Aber es wächst keine rote Rose in meinem Garten, deshalb werde ich einsam sitzen, und sie wird an mir vorübergehen. Sie wird mich nicht beachten, und mein Herz wird brechen.«

»Das ist wirklich die wahre Liebe«, sagte die Nachtigall. »Wovon ich singe, das erleidet er: was mir Lust ist, ihm ist es Schmerz. Sicherlich, Liebe ist etwas Wundervolles. Sie ist kostbarer als Smaragde und wertvoller als echte Opale. Für Perlen und Granatäpfel kann man sie nicht kaufen, noch ist sie auf dem Marktplatz ausgestellt. Man kann sie bei keinem Händler erstehen, noch läßt sie sich in einer Wagschale für Gold auswiegen.«

»Die Musiker werden auf ihrer Galerie sitzen«, sagte der junge Student, »und auf ihren Saiteninstrumenten spielen, und meine Geliebte wird zur Musik der Harfe und der Violine tanzen. Sie wird so leicht dahintanzen, daß ihre Füße nicht den Boden berühren, und die Höflinge in ihren glänzenden Kleidern werden sich um sie drängen. Aber mit mir wird sie nicht tanzen, denn ich habe ihr keine rote Rose zu geben«, und er warf sich auf das Gras hin und verbarg sein Gesicht in seinen Händen und weinte.

»Warum weint er?« fragte eine kleine grüne Eidechse, als sie mit dem Schwanz in der Luft an ihm vorbei rannte.

»Ja, warum?« sagte ein Schmetterling, der hinter einem Sonnenstrahl dahinflatterte.

»Ja, warum?« flüsterte ein Gänseblümchen mit sanfter, leiser Stimme zu seiner Nachbarin.

»Er weint um eine rote Rose«, sagte die Nachtigall.

»Um eine rote Rose!« riefen sie; »wie unendlich lächerlich!« und die kleine Eidechse, die so etwas wie ein Zyniker war, lachte aus vollem Halse.

Aber die Nachtigall verstand im Innersten den Schmerz des Studenten, und sie saß schweigend auf dem Eichbaum und dachte nach über das Geheimnis der Liebe.

Plötzlich breitete sie ihre braunen Flügel zum Fliegen aus und schwang sich in die Luft. Wie ein Schatten glitt sie durch den Hain, und wie ein Schatten segelte sie über den Garten. Im Mittelpunkte des Rasenplatzes stand ein schöner Rosenstrauch, und als sie ihn sah, flog sie zu ihm hin und setzte sich auf einen Zweig.

»Gib mir eine rote Rose«, rief sie, »und ich will dir mein süßestes Lied singen.«

Aber der Strauch schüttelte seinen Kopf.

»Meine Rosen sind weiß«, antwortete er; »so weiß wie der Schaum des Meeres und weißer als der Schnee auf dem Berge. Aber geh’ zu meinem Bruder, der rings um die alte Sonnenuhr wächst, und vielleicht wird er dir geben, was du wünschest.«

Da flog die Nachtigall hinüber zu dem Rosenstrauch, der rings um die alte Sonnenuhr wuchs.

»Gib mir eine rote Rose«, rief sie, »und ich will dir mein süßestes Lied singen.«

Aber der Strauch schüttelte seinen Kopf.

»Meine Rosen sind gelb«, antwortete er; »so gelb wie das Haar der Seejungfer, die auf einem Thron von Bernstein sitzt, und gelber als die gelbe Narzisse, die auf der Wiese blüht, bevor der Mäher kommt mit seiner Sense. Aber geh' zu meinem Bruder, der unter des Studenten Fenster wächst, und vielleicht wird er dir geben, was du wünschest.«

Da flog die Nachtigall hinüber zu dem Rosenstrauch, der unter des Studenten Fenster wuchs.

»Gib mir eine rote Rose«, rief sie, »und ich will dir mein süßestes Lied singen.«

Aber der Strauch schüttelte seinen Kopf.

»Meine Rosen sind rot«, antwortete er; »so rot wie die Füße der Taube und röter als die großen Wedel der Koralle, die in der Tiefe des Meeres hin und her wogen. Aber der Winter hat meine Adern erkältet, der Frost hat meine Knospen zerstört, der Sturm hat meine Zweige gebrochen, und so werde ich dieses Jahr überhaupt keine Rosen haben.«

»Eine rote Rose ist alles, was ich brauche«, rief die Nachtigall, »nur eine rote Rose! Gibt es denn keine Möglichkeit, eine zu erlangen?«

»Es gibt eine Möglichkeit«, antwortete der Strauch; »aber sie ist so schrecklich, daß ich es nicht wage, sie dir zu nennen.« »Nenne sie mir«, sagte die Nachtigall, »ich fürchte mich nicht.« »Wenn du eine rote Rose wünschest«, sagte der Strauch, »dann mußt du sie bei Mondschein aus Musik bilden und sie mit deinem eigenen Herzblut färben. Du mußt vor mir singen, deine Brust gegen einen Dorn gedrückt. Die ganze Nacht durch mußt du mir singen, und der Dorn muß dein Herz durchbohren, und dein Lebensblut muß in meine Adern fließen und mein Blut werden.«

»Tod ist ein hoher Preis für eine rote Rose«, rief die Nachtigall, »und Leben ist einem jeden sehr teuer. Es ist angenehm, im grünen Gehölz zu sitzen, die Sonne auf ihrem goldenen Wagen zu beobachten und den Mond auf seinem Perlenwagen. Süß ist der Duft des Weißdorns, und süß sind die Glockenblumen, die sich im Tal verbergen, und das Heidekraut, das auf dem Hügel blüht. Aber Liebe ist besser als Leben, und was ist das Herz eines Vogels, verglichen mit dem Herzen eines Menschen?«

Da breitete sie ihre braunen Flügel zum Fliegen aus und schwang sich in die Luft. Wie ein Schatten glitt sie über den Garten, und wie ein Schatten segelte sie durch den Hain. Der junge Student lag noch auf dem Grase, wo sie ihn verlassen hatte, und die Tränen waren noch nicht getrocknet in seinen schönen Augen.

»Sei glücklich«, rief die Nachtigall, »sei glücklich; du sollst deine rote Rose haben. Aus Musik will ich sie bei Mondschein bilden und sie färben mit meinem eigenen Herzblut. Alles, was ich zum Dank dafür verlange, ist, daß du ein wahrer Liebhaber bist, denn Liebe ist weiser als Philosophie, mag diese auch noch so weise sein, und stärker als Macht, mag diese auch noch so stark sein. Feuerfarben sind ihre Schwingen, und feuerfarben ist ihr Leib. Ihre Lippen sind süß wie Honig, und ihr Atem ist wie Weihrauch.«

Der Student blickte auf von dem Gras und lauschte, aber er konnte nicht verstehen, was die Nachtigall zu ihm sprach, denn er kannte nur Dinge, die in Büchern niedergeschrieben sind.

Aber der Eichbaum verstand und wurde traurig, denn er liebte die kleine Nachtigall, die ihr Nest in seinen Zweigen gebaut hatte.

»Sing' mir noch ein letztes Lied«, flüsterte er; »ich werde mich sehr einsam fühlen, wenn du fort bist.«

Da sang die Nachtigall zum Eichbaum, und ihre Stimme war wie Wasser, das aus einem silbernen Gefäß tropft.

Als sie ihren Gesang beendet hatte, erhob sich der Student und zog ein Notizbuch und einen Bleistift aus seiner Tasche. »Form hat sie«, sagte er zu sich selbst, als er durch den Hain davonwandelte, »das kann man ihr nicht abstreiten; aber hat sie Gefühl? Ich fürchte, nein. Natürlich ist sie wie die meisten Künstler; sie ist ganz Stil ohne innere Echtheit. Sie würde sich nicht für andere opfern. Sie denkt nur an Musik, und jeder weiß, daß die Künste selbstsüchtig sind. Trotzdem muß man zugeben, daß sie einige schöne Töne in ihrer Stimme hat. Wie schade, daß kein Sinn in ihnen steckt, und daß sie keinen praktischen Wert haben.« Und er ging in sein Zimmer, legte sich auf sein kleines

Strohsackbett und begann, über seine Liebe nachzudenken; und nach einiger Zeit versank er in Schlummer.

Und als der Mond am Himmel schien, flog die Nachtigall zu dem Rosenstrauch und drückte ihre Brust gegen den Dorn. Die ganze Nacht durch sang sie, ihre Brust gegen den Dorn gedrückt, und der kalte, kristallene Mond neigte sich hinab und lauschte. Die ganze Nacht durch sang sie, und der Dorn ging tiefer und tiefer in ihre Brust, und ihr Lebensblut ebbte hinweg von ihr.

Sie sang zuerst von der Geburt der Liebe im Herzen eines Knaben und eines Mädchens. Und auf dem obersten Zweig des Rosenstrauchs da erblühte eine wunderbare Rose, Blumenblatt nach Blumenblatt, wie ein Lied dem andern folgte. Bleich war sie im Anfang wie der Nebel, der über dem Fluß hängt – bleich wie die Füße des Morgens und silbern wie die Schwingen der Dämmerung. Wie der Schatten einer Rose in einem silbernen Spiegel, wie der Schatten einer Rose in einem Wasserpfuhl, so war die Rose, die auf dem obersten Zweig des Rosenstrauches erblühte.

Aber der Strauch rief der Nachtigall zu, sich fester gegen den Dorn zu pressen. »Presse dich fester an, kleine Nachtigall«, rief der Strauch, »sonst kommt der Tag, bevor die Rose vollendet ist.«

Da preßte sich die Nachtigall fester gegen den Dorn an, und lauter und lauter wurde ihr Singen, denn sie sang von der Geburt der Leidenschaft in der Seele eines Mannes und einer Jungfrau.

Und ein zartes, rosiges Glühen kam in die Rosenblätter, wie das Erröten im Gesicht des Bräutigams, wenn er die Lippen der Braut küßt. Aber der Dorn hatte noch nicht ihr Herz erreicht, darum blieb das Herz der Rose weiß, denn nur das Herzblut einer Nachtigall kann das Herz einer Rose rot färben. Und der Strauch rief der Nachtigall zu, sich fester gegen den Dorn zu pressen. »Presse dich fester an, kleine Nachtigall«, rief der Strauch, »sonst kommt der Tag, bevor die Rose vollendet ist.«

Da preßte sich die Nachtigall fester gegen den Dorn an, und der Dorn berührte ihr Herz, und ein scharfes Wehgefühl durchfuhr sie. Bitter, bitter war das Weh, und wilder und wilder wurde ihr Singen, denn sie sang von der Liebe, die durch den Tod geheiligt wird, von der Liebe, die im Grab nicht stirbt.

Und die wunderbare Rose wurde tiefrot wie die Rose des östlichen Himmels. Tiefrot war der Kranz der Blumenblätter, und tiefrot wie ein Rubin war das Herz.

Aber der Nachtigall Stimme wurde schwächer, und ihre kleinen Flügel begannen zu zittern, und ein Nebel legte sich über ihre Augen. Schwächer und schwächer wurde ihr Singen, und sie fühlte, wie etwas in ihrer Kehle ihr den Atem benahm.

Da gab sie einen letzten Ausbruch von Musik. Der bleiche Mond hörte ihn, er vergaß den Tagesanbruch und verharrte am Himmel. Die rote Rose hörte ihn und zitterte ganz und gar vor Entzücken und öffnete ihre Blumenblätter der kalten Morgenluft. Das Echo trug ihn zu seiner purpurnen Höhle in den Bergen und erweckte die schlafenden Schäfer aus ihren Träumen. Er flutete durch das Schilfrohr am Flusse, und dieses trug die Botschaft nach dem Meere.

»Sieh an!« rief der Strauch, »die Rose ist jetzt vollendet«, aber die Nachtigall gab keine Antwort, denn sie lag tot in dem hohen Gras mit dem Dorn in ihrer Brust.

Und gegen Mittag öffnete der Student sein Fenster und blickte hinaus.

»Was für ein wunderbarer Glücksfall!« rief er; »hier ist eine rote Rose! In meinem ganzen Leben habe ich keine solche Rose gesehen. Sie ist so schön, daß sie sicherlich einen langen lateinischen Namen haben muß«, und er neigte sich hinaus und pflückte sie.

Dann setzte er seinen Hut auf und lief mit der Rose in der Hand nach des Professors Haus.

Die Tochter des Professors saß im Türeingang und wickelte blaue Seide auf eine Rolle, und ihr kleiner Hund lag zu ihren Füßen.

»Sie sagten, Sie würden mit mir tanzen, wenn ich Ihnen eine rote Rose brächte«, rief der Student. »Hier ist die roteste Rose der Welt. Sie werden sie heute abend an Ihrem Herzen tragen, und wenn wir zusammen tanzen, dann will ich Ihnen sagen, wie ich Sie liebe.«

Aber das Mädchen runzelte die Stirn.

»Ich fürchte, sie wird zu meinem Kleid nicht passen«, antwortete sie; »und übrigens hat mir des Kammerherrn Neffe einige echte Juwelen geschickt, und jeder weiß, daß Juwelen mehr kosten als Blumen.«

»Auf mein Wort, Sie sind wirklich sehr undankbar«, sagte der Student ärgerlich; und er warf die Rose auf die Straße, wo sie in den Rinnstein fiel, und ein Karrenrad ging darüber weg.

»Undankbar!« sagte das Mädchen. »Ich will Ihnen etwas anderes sagen, Sie benehmen sich sehr ungeschliffen; und übrigens, was sind Sie? Nur ein Student. Ich glaube, Sie haben ja nicht einmal silberne Schnallen an Ihren Schuhen, wie sie des Kammerherrn Neffe hat«, und sie erhob sich von ihrem Stuhl und trat in das Haus.

»Was für eine verrückte Sache die Liebe ist«, sagte der Student, als er wegging. »Sie ist nicht halb so nützlich wie die Logik, denn sie beweist nichts, und sie erzählt einem immer von Dingen, die sich nicht ereignen, und macht einen an Dinge glauben, die nicht wahr sind. Wahrhaftig, sie ist ganz unpraktisch, und in unserer heutigen Zeit muß man vor allem praktisch sein. Ich werde zur Philosophie zurückkehren und Metaphysik studieren.«

Damit ging er wieder in sein Zimmer, zog ein dickes, staubiges Buch hervor und begann zu lesen.

Der selbstsüchtige Riese

Jeden Nachmittag, wenn sie aus der Schule kamen, pflegten die Kinder in des Riesen Garten zu gehen und dort zu spielen.

Es war ein großer, lieblicher Garten mit weichem, grünem Gras. Hier und da standen über dem Gras schöne Blumen wie Sterne, und es waren dort zwölf Pfirsichbäume, die im Frühling zarte, rosige und perlfarbene Blüten hatten und im Herbst reiche Früchte trugen. Die Vögel saßen auf den Zweigen und sangen so süß, daß die Kinder ihre Spiele unterbrachen, um ihnen zu lauschen. »Wie glücklich sind wir hier!« riefen sie einander zu.

Eines Tages kam der Riese zurück. Er hatte seinen Freund Oger in Cornwall besucht und war sieben Jahre bei ihm gewesen. Als die sieben Jahre vorbei waren, hatte er alles gesagt, was er wußte, denn seine Unterhaltungsgabe war begrenzt, und er beschloß, in seine eigene Burg zurückzukehren. Als er ankam, sah er die Kinder in dem Garten spielen.

»Was macht ihr hier?« schrie er mit sehr barscher Stimme, und die Kinder rannten davon.

»Mein eigener Garten ist mein eigener Garten«, sagte der Riese; »das kann jeder verstehen, und ich erlaube niemand, darin zu spielen als mir selbst.« Deshalb baute er ringsherum eine hohe Mauer und befestigte eine Tafel daran:

Eintritt bei Strafe verboten.

Er war ein sehr selbstsüchtiger Riese.

Die armen Kinder hatten nun keinen Platz, wo sie spielen konnten. Sie versuchten auf der Straße zu spielen, aber die Straße war sehr staubig und voll von harten Steinen, und das liebten sie nicht. Sie pflegten rund um die hohe Mauer zu gehen, wenn ihr Unterricht vorbei war, und von dem schönen Garten dahinter zu reden. »Wie glücklich waren wir dort«, sagten sie zueinander.

Dann kam der Frühling, und überall im Land waren kleine Blumen und kleine Vögel. Nur im Garten des selbstsüchtigen Riesen war es noch Winter. Die Vögel wollten darin nicht singen, weil dort keine Kinder waren, und die Bäume vergaßen zu blühen. Einmal steckte eine schöne Blume ihren Kopf aus dem Gras hervor, aber als sie die Tafel sah, taten ihr die Kinder so leid, daß sie wieder in den Boden hinabglitt und sich schlafen legte. Die einzigen Wesen, die daran ihre Freude hatten, waren Schnee und Frost. »Der Frühling hat diesen Garten vergessen«, sagten sie, »deshalb wollen wir hier das ganze Jahr durch wohnen.« Der Schnee bedeckte das Gras mit seinem dicken, weißen Mantel, und der Frost bemalte alle Bäume mit Silber. Dann luden sie den Nordwind zum Besuch ein, und er kam. Er war in Pelze eingehüllt und brüllte den ganzen Tag im Garten herum und blies die Dachkamine herab. »Dies ist ein entzückender Platz«, sagte er; »wir müssen den Hagel bitten, herzukommen.« So kam der Hagel. Er rasselte jeden Tag drei Stunden lang auf das Dach der Burg, bis er fast alle Dachziegel zerbrochen hatte, und dann rannte er immer im Kreis durch den Garten, so schnell er nur konnte. Er war in Grau gekleidet, und sein Atem war wie Eis.

»Ich verstehe nicht, warum der Frühling solange ausbleibt«, sagte der selbstsüchtige Riese, als er am Fenster saß und auf seinen kalten, weißen Garten hinaussah; »hoffentlich gibt es einen Witterungsumschlag.«

Aber der Frühling kam überhaupt nicht, ebensowenig wie der Sommer. Der Herbst brachte in jeden Garten goldene Frucht, nur in des Riesen Garten brachte er keine. »Er ist zu selbstsüchtig«, sagte er. So war es denn dort immer Winter, und der Nordwind und der Hagel und der Frost und der Schnee tanzten zwischen den Bäumen umher.

Eines Morgens lag der Riese wach im Bett, da hörte er eine liebliche Musik. Sie klang so süß an seine Ohren, daß er glaubte, des Königs Musiker kämen vorbei. Es war in Wirklichkeit nur ein kleiner Hänfling, der draußen vor seinem Fenster sang, aber er hatte so lange Zeit keine Vögel mehr in seinem Garten singen hören, daß es ihm die schönste Musik von der Welt zu sein dünkte. Dann hörte der Hagel auf, über seinem Kopf zu tanzen, der Nordwind brüllte nicht mehr, und ein entzückender Duft kam durch den offenen Fensterflügel zu ihm. »Ich glaube, der Frühling ist endlich gekommen«, sagte der Riese; und er sprang aus dem Bett und schaute hinaus.

Was sah er?

Er sah das wundervollste Bild. Durch ein kleines Loch in der Mauer waren die Kinder hereingekrochen und saßen in den Zweigen der Bäume. Auf jedem Baum, den er sehen konnte, war ein kleines Kind. Und die Bäume waren so froh, die Kinder wiederzuhaben, daß sie sich selbst mit Blüten bedeckt hatten und ihre Arme zärtlich um die Köpfe der Kinder legten. Die Vögel flogen umher und zwitscherten vor Entzücken, und die Blumen blickten aus dem grünen Gras hervor und lachten. Es war ein lieblicher Anblick, nur in einer Ecke war noch Winter. Es war die äußerste Ecke des Gartens, und in ihr stand ein kleiner Knabe. Er war so winzig, daß er nicht bis zu den Zweigen des Baumes hinaufreichen konnte, und er wanderte immer um ihn herum und weinte bitterlich. Der arme Baum war noch ganz mit Eis und Schnee bedeckt, und der Nordwind blies und brüllte über ihn weg. »Klett're hinauf! kleiner Knabe«, sagte der Baum und bog seine Zweige hinab, soweit er konnte; aber der Knabe war zu winzig.

Und des Riesen Herz schmolz, als er hinausblickte. »Wie selbstsüchtig ich gewesen bin!« sagte er; »jetzt weiß ich, warum der Frühling nicht hierherkommen wollte. Ich werde den armen, kleinen Knaben oben auf den Baum setzen, und dann will ich die Mauer umstoßen, und mein Garten soll für alle Zeit der Spielplatz der Kinder sein.« Es war ihm wirklich sehr leid, was er getan hatte.

Er stieg hinab, öffnete ganz sanft die Vordertüre und ging hinaus in den Garten. Aber als ihn die Kinder sahen, waren sie so erschrocken, daß sie alle davonliefen, und es im Garten wieder Winter wurde. Nur der kleine Junge lief nicht fort, denn seine Augen waren so voll von Tränen, daß er den Riesen gar nicht kommen sah. Und der Riese stahl sich hinter ihn, nahm ihn behutsam in die Hand und setzte ihn auf den Baum. Und der Baum brach sofort in Blüten aus, und die Vögel kamen und sangen darauf, und der kleine Junge streckte seine beiden Arme aus, schlang sie rund um des Riesen Nacken und küßte ihn. Und als die anderen Kinder sahen, daß der Riese nicht mehr böse war, kamen sie zurückgerannt, und mit ihnen kam der Frühling. »Es ist jetzt euer Garten, kleine Kinder«, sagte der Riese, und er nahm eine große Axt und schlug die Mauer nieder. Und als die Leute um zwölf Uhr zum

Markt gingen, da fanden sie den Riesen spielend mit den Kindern in dem schönsten Garten, den sie je gesehen hatten. Den ganzen Tag lang spielten sie, und des Abends kamen sie zum Riesen, um sich von ihm zu verabschieden.

»Aber wo ist euer kleiner Gefährte?« fragte er, »der Knabe, den ich auf den Baum setzte.« Der Riese liebte ihn am meisten, weil er ihn geküßt hatte.

»Wir wissen es nicht«, antworteten die Kinder; »er ist fortgegangen.«

»Ihr müßt ihm bestimmt sagen, daß er morgen wieder hierherkommt«, sagte der Riese. Aber die Kinder erklärten, sie wüßten nicht, wo er wohne, und hätten ihn nie vorher gesehen; und der Riese fühlte sich sehr betrübt.

Jeden Nachmittag, wenn die Schule vorbei war, kamen die Kinder und spielten mit dem Riesen. Aber der kleine Knabe, den der Riese liebte, wurde nie wieder gesehen. Der Riese war sehr gütig zu allen Kindern, aber er sehnte sich nach seinem ersten kleinen Freund und sprach oft von ihm. »Wie gerne möchte ich ihn sehen!« pflegte er zu sagen.

Jahre vergingen, und der Riese wurde sehr alt und schwach. Er konnte nicht mehr draußen spielen, und so saß er in einem hohen Lehnstuhl und beobachtete die Kinder bei ihren Spielen und bewunderte seinen Garten. »Ich habe viele schöne Blumen«, sagte er, »aber die Kinder sind die schönsten Blumen von allen.«

Eines Wintermorgens blickte er aus seinem Fenster hinaus, als er sich anzog. Er haßte jetzt den Winter nicht mehr, denn er wußte, daß er nur ein schlafender Frühling war, und daß die Blumen sich dann ausruhten.

Plötzlich rieb er sich die Augen vor Staunen und schaute atemlos hinaus. Es war wirklich ein wunderbarer Anblick. Im äußersten Winkel des Gartens war ein Baum ganz bedeckt mit lieblichen, weißen Blumen. Seine Zweige waren ganz golden, und silberne Früchte hingen von ihnen herab, und darunter stand der kleine Knabe, den er geliebt hatte.

In großer Freude rannte der Riese die Treppe hinab und hinaus in den Garten. Er eilte über das Gras und näherte sich dem Kinde. Als er dicht bei ihm war, wurde sein Gesicht rot vor Zorn, und er fragte: »Wer hat es gewagt, dich zu verwunden?« Denn aus den Handflächen des Kindes waren zwei Nägelmale, und zwei Nägelmale waren auf den kleinen Füßen.

»Wer hat es gewagt, dich zu verwunden?« schrie der Riese; »sage es mir, damit ich mein großes Schwert nehme und ihn erschlage.«

»Nein!« antwortete das Kind; »denn dies sind Wunden der Liebe.«

»Wer bist du?« fragte der Riese, und eine seltsame Ehrfurcht befiel ihn, und er kniete vor dem kleinen Kinde.

Und das Kind lächelte den Riesen an und sagte zu ihm: »Du ließest mich einmal in deinem Garten spielen; heute sollst du mit mir in meinen Garten kommen, der das Paradies ist.« Und als die Kinder an diesem Nachmittag hineinliefen, fanden sie den Riesen tot unter dem Baum liegen, ganz bedeckt mit weißen Blüten.

Der ergebene Freund

Eines Morgens steckte die alte Wasserratte ihren Kopf aus ihrem Loch. Sie hatte glänzende Perlaugen und steife, graue Schnurrhaare, und ihr Schwanz war wie ein langes Stück schwarzen Kautschuks. Die kleinen Entchen, die in dem Teich umher schwammen, sahen ganz wie eine Herde gelber Kanarienvögel aus, und ihre Mutter, die ganz weiß war mit schönen roten Füßen, versuchte sie zu lehren, wie man im Wasser auf dem Kopfe steht.

»Ihr werdet nie zur besten Gesellschaft zählen, ehe ihr nicht auf euren Köpfen stehen könnt«, wiederholte sie ihnen fortwährend; und immer wieder zeigte sie ihnen, wie es gemacht wurde. Aber die kleinen Entchen gaben nicht acht auf sie. Sie waren so jung, daß sie nicht wußten, welch ein Vorzug es ist, überhaupt zur Gesellschaft zu zählen.

»Was für ungehorsame Kinder!« rief die alte Wasserratte; »sie verdienten wirklich, ertränkt zu werden.«

»O, nicht doch«, antwortete die Ente, »jeder muß einmal anfangen, und Eltern können nicht geduldig genug sein.«

»Ach! Ich verstehe nichts von den Gefühlen der Eltern«, sagte die Wasserratte; »ich bin kein Familienvater. Ich habe überhaupt nie geheiratet und denke auch gar nicht daran. Liebe ist in ihrer Art eine schöne Sache, aber Freundschaft steht viel höher. Wahrhaftig, ich kenne nichts in der Welt, das edler oder selt'ner wäre als eine ergebene Freundschaft.«

»Und was ist dann, bitte, Ihre Ansicht über die Pflichten eines ergebenen Freundes?« fragte ein grüner Hänfling, der dicht dabei auf einem Weidenbaum saß und die Unterhaltung mit angehört hatte.

»Ja, das möchte ich gerade auch gerne wissen«, sagte die Ente, und sie schwamm davon zum Ende des Teichs, wo sie sich auf den Kopf stellte, um ihren Kindern ein gutes Beispiel zu geben.

»Was für eine törichte Frage!« schrie die Wasserratte. »Ich muß erwarten, daß mein ergebener Freund mir natürlich ergeben ist.«

»Und was würden Sie zum Entgelt tun?« fragte der kleine Vogel, indem er sich auf einen silbrigen Zweig schwang und mit seinen winzigen Flügeln schlug.

»Ich verstehe Sie nicht«, antwortete die Wasserratte.

»Ich will Ihnen eine Geschichte über das Thema erzählen«, sagte der Hänfling.

»Handelt die Geschichte von mir?« fragte die Wasserratte. »Wenn ja, dann will ich gerne zuhören, denn Dichtung liebe ich sehr.«

»Sie läßt sich auf Sie beziehen«, antwortete der Hänfling; und er flog herab, ließ sich am Ufer nieder und erzählte die Geschichte vom ergebenen Freund.

»Es war einmal«, begann der Hänfling, »ein rechtschaffener kleiner Bursche namens Hans.«

»War er eine hervorragende Persönlichkeit?« fragte die Wasserratte.

»Nein«, antwortete der Hänfling, »ich glaube nicht, daß er überhaupt hervorragend war, ausgenommen wegen seines guten Herzens und seines drolligen, runden, gutmütigen Gesichts. Er lebte ganz allein in einer winzigen Hütte, und jeden Tag arbeitete er in seinem Garten. In der ganzen Gegend gab es keinen Garten, der so lieblich war, wie seiner. Bartnelken wuchsen dort, Goldlack und Hirtentäschelkraut und Hahnenfuß. Es gab da rote und gelbe Rosen, violetten Krokus und goldne, purpurne und weiße Veilchen. Akelei und Wiesenschaumkraut, Majoran und wildes Basilikum. Schlüsselblumen und Schwertlilien, gelbe Narzissen und Gewürznelken wuchsen und blühten nach ihrer Art mit dem Ablauf der Monate. Eine Blume löste die andere ab, so daß man immer schöne Dinge sehen und angenehme Düfte riechen konnte. Der kleine Hans hatte eine ganze Menge Freunde, aber der ergebenste Freund von allen war der dicke Hugo, der Müller. In der Tat, so ergeben war der reiche Müller dem kleinen Hans, daß er nie an seinem Garten vorüberging, ohne sich über die Mauer zu lehnen und einen Blumenstrauß oder eine Handvoll würziger Kräuter zu pflücken, oder, wenn gerade die Zeit war, seine Taschen mit Pflaumen und Kirschen zu füllen.

›Wahre Freunde sollten alles gemeinsam haben‹, pflegte der Müller zu sagen, und der kleine Hans nickte und lächelte und fühlte sich sehr stolz, daß er einen Freund mit so vornehmen Ansichten hatte.

Zwar manchmal fanden es die Nachbarn seltsam, daß der reiche Müller dem kleinen Hans nie etwas wiedergab, obgleich er Hunderte von Säcken Mehl in seiner Mühle weggepackt hatte und sechs Milchkühe und eine große Herde wolliger Schafe besaß. Aber Hans beschwerte seinen Kopf niemals mit diesen Dingen, und nichts machte ihm ein größeres Vergnügen, als wenn er all den wundervollen Worten lauschte, die der Müller über die Selbstlosigkeit wahrer Freundschaft zu äußern wußte.

So arbeitete der kleine Hans in seinem Garten weiter. Solange der Frühling, der Sommer und der Herbst währte, war er sehr glücklich, aber als der Winter kam, und er weder Früchte noch Blumen auf den Markt bringen konnte, hatte er viel von Kälte und Hunger zu leiden, und oft mußte er zu Bett gehen, ohne etwas anderes gegessen zu haben als ein paar getrocknete Birnen oder einige harte Nüsse. Auch war er im Winter außerordentlich einsam, denn der Müller kam nie, um ihn zu besuchen.

›Es hat keinen Zweck, zum kleinen Hans hinzugehen, solange der Schnee liegt‹, pflegte der Müller zu seiner Frau zu sagen, ›denn wenn Leute in Sorgen sind, dann soll man sie allein lassen und sie nicht mit Besuchen belästigen. Das ist wenigstens meine Ansicht von der Freundschaft, und ich glaube, sie ist die richtige. Deshalb werde ich warten, bis der Frühling kommt, und ihm dann einen Besuch abstatten. Und dann wird er mir einen großen Korb voll gelber Schlüsselblumen geben können, und das wird ihn so glücklich machen.‹

›Du bist wirklich sehr rücksichtsvoll gegen andere‹, antwortete die Frau, die in ihrem bequemen Armstuhl an dem lodernden Fichtenholzfeuer saß; ›wahrhaftig sehr rücksichtsvoll. Es ist ein hoher Genuß, dich über Freundschaft reden zu hören. Ich bin überzeugt, der Geistliche selbst könnte nicht so schöne Dinge sagen wie du, obgleich er in einem dreistöckigen Hause wohnt und einen goldnen Ring an seinem kleinen Finger trägt.‹ ›Aber könnten wir den kleinen Hans nicht hierher bitten?‹ sagte des Müllers jüngster Sohn. ›Wenn der arme Hans in Not ist, will ich mit ihm meine Suppe teilen und ihm meine weißen Kaninchen zeigen.‹

›Was für ein törichter Junge du bist!‹ schrie der Müller; ›ich weiß wirklich nicht, warum ich dich auf die Schule geschickt habe. Du scheinst überhaupt nichts zu lernen. Wie, wenn der kleine Hans hierher käme und sähe unser warmes Feuer und unser gutes Essen und unser großes

Faß roten Wein, würde er da nicht neidisch werden? Und Neid ist die allerschrecklichste Sache, sie verdirbt jedermanns Charakter. Ich jedenfalls werde nicht erlauben, daß Hans' Charakter verdorben wird. Ich bin sein bester Freund und werde immer über ihn wachen und zusehen, daß er nicht in irgendeine Versuchung geführt wird. Übrigens, wenn Hans hierherkäme, dann würde er mich vielleicht bitten, ihm Mehl auf Kredit zu geben, und das könnte ich nicht tun. Mehl ist Mehl, und Freundschaft ist Freundschaft, man darf sie nicht miteinander vermengen. Die Worte werden verschieden geschrieben und drücken ganz verschiedene Dinge aus. Jeder kann das einsehen.‹

›Wie gut du sprichst!‹ sagte des Müllers Frau, indem sie sich ein großes Glas warmes Malzbier einschüttete; ›wahrhaftig, mir wird ganz schläfrig. Es ist gerade wie in einer Kirche.‹ ›Viele Menschen handeln gut‹, antwortete der Müller; ›aber nur wenige Menschen reden gut, woran man sieht, daß das Reden das schwierigere von den beiden Dingen ist und auch bei weitem das vortrefflichere‹, und er blickte streng über den Tisch hin auf seinen kleinen Sohn, der sich so über sich selbst schämte, daß er seinen Kopf senkte, ganz rot wurde und in seinen Tee hinein zu weinen begann. Aber, er war so jung, daß man ihn entschuldigen muß.«

»Ist das das Ende der Geschichte?« fragte die Wasserratte. »Durchaus nicht«, antwortete der Hänfling, »es ist der Anfang.«

»Dann bist du ganz rückständig«, sagte die Wasserratte. »Jeder gute Geschichtenerzähler beginnt heutzutage mit dem Ende, geht dann zum Beginn über und schließt mit der Mitte. Das ist die neue Art. Ich habe das alles vor kurzem ausführlich von einem Kritiker gehört, der mit einem jungen Manne um den Teich wandelte. Er hielt über das Thema einen langen Vortrag, und er muß sicher seine Sache verstanden haben, denn er trug eine blaue Brille und hatte einen kahlen Kopf, und jedesmal, wenn der junge Mann eine Bemerkung machte, antwortete er ›Pah!‹ Aber, bitte, fahre mit deiner Erzählung fort. Der Müller gefällt mir außerordentlich. Ich selbst habe ja auch alle Arten von schönen Gefühlen, deshalb besteht zwischen uns eine starke Sympathie.«

»Nun wohl«, sagte der Hänfling, der bald auf dem einen, bald auf dem anderen Bein hüpfte, »sobald der Winter vorbei war, und die

Schlüsselblumen ihre blaßgelben Sterne zu öffnen begannen, sagte der Müller zu seiner Frau, er wollte jetzt hinabgehen und den kleinen Hans besuchen.

›Was für ein gutes Herz hast du doch!‹ rief seine Frau; ›du denkst immer an andere. Und vergiß nicht, den großen Korb mitzunehmen für die Blumen.‹

Da band der Müller die Flügel der Windmühle mit einer großen, eisernen Kette fest und ging mit dem Korb im Arm den Hügel hinab.

›Guten Morgen, kleiner Hans‹, sagte der Müller.

›Guten Morgen‹, sagte Hans, indem er sich auf seinen Spaten stützte und von einem Ohr zum andern lachte.

›Und wie ist es dir den ganzen Winter durch gegangen?‹ fragte der Müller.

›Ja, wahrhaftig‹, rief Hans, ›es ist sehr freundlich von dir, daß du danach fragst, es ist wirklich sehr freundlich. Ich habe leider eine sehr schlimme Zeit gehabt, aber jetzt ist der Frühling gekommen, und ich bin ganz glücklich, und alle meine Blumen gedeihen herrlich.‹

›Wir haben den Winter über oft von dir gesprochen, Hans‹, sagte der Müller, ›und uns gefragt, wie es dir wohl gehen würde.‹

›Das war sehr gütig von dir‹, sagte Hans; ›ich fürchtete schon halb und halb, du hättest mich vergessen.‹

›Hans, ich muß mich über dich wundern‹, sagte der Müller; ›Freundschaft vergißt niemals. Das ist das Wundervolle daran, aber du verstehst leider nichts von der Poesie des Lebens. Übrigens, wie lieblich sehen deine Schlüsselblumen aus!‹

›Sie sind wirklich sehr lieblich‹, meinte Hans, ›und es ist ein großes Glück für mich, daß ich soviele habe. Ich werde sie auf den Markt bringen und der Tochter des Bürgermeisters verkaufen, und für das Geld kaufe ich meine Schubkarre zurück.‹

›Du kaufst deine Schubkarre zurück? Willst du damit sagen, du habest sie verkauft? Wie unendlich dumm, so etwas zu tun!‹

›Ja, die Sache liegt so‹, sagte der kleine Hans, ›ich war dazu gezwungen. Du weißt, der Winter war für mich eine sehr schlimme Zeit, und ich hatte wirklich kein Geld mehr, um mir auch nur Brot dafür zu kaufen. Da verkaufte ich dann zuerst die Silberknöpfe meines Sonntagsrockes, und dann verkaufte ich meine silberne Kette, und dann verkaufte ich meine große Pfeife, und zuletzt verkaufte ich meine Schubkarre. Aber ich werde sie jetzt alle wieder zurückkaufen.‹

›Hans‹, sagte der Müller, ›ich werde dir meine Schubkarre geben. Sie ist zwar nicht im besten Zustande; eine Seite fehlt, und mit den Radspeichen ist etwas nicht in Ordnung; aber trotzdem will ich sie dir geben. Ich weiß, das ist sehr edelmütig von mir, und viele Leute würden mich für ganz verrückt halten, weil ich mich davon trenne, aber ich bin nun einmal nicht so wie die andern. Ich glaube, daß Edelmut das innerste Wesen der Freundschaft ist, und übrigens habe ich mir auch für mich schon eine neue Schubkarre angeschafft. Ja, du kannst jetzt ganz beruhigt sein, ich werde dir meine Schubkarre geben.‹

›Nun, das ist wirklich sehr edelmütig von dir‹, sagte der kleine Hans, und sein drolliges, rundes Gesicht glühte über und über vor Vergnügen. ›Ich kann sie sehr leicht instandsetzen, denn ich habe im Hause eine Holzplanke.‹

›Eine Holzplanke!‹ sagte der Müller; ›aber das ist ja gerade, was ich für mein Scheunendach suche. Es befindet sich darin ein ganz großes Loch, und wenn ich es nicht zustopfe, wird das Getreide durch und durch feucht werden. Wie gut, daß du das erwähnt hast. Es ist wirklich sehr bemerkenswert, wie aus einer edlen Tat eine andere entsteht. Ich habe dir meine Schubkarre gegeben, und jetzt gibst du mir deine Planke. Natürlich ist die Schubkarre viel mehr wert als die Planke, aber wahre Freundschaft bemerkt so etwas nie. Bitte, hole sie mir doch gleich, und ich will heute noch an meiner Scheune zu arbeiten anfangen.‹

›Gewiß‹, schrie der kleine Hans, und er lief in die Hütte und zog die Planke heraus.

›Es ist keine sehr große Planke‹, sagte der Müller, indem er sie betrachtete, ›und ich fürchte, wenn ich mein Scheunendach damit ausgebessert habe, dann wird für dich nichts übrig bleiben, um damit deine Schubkarre auszubessern; doch, das ist natürlich nicht meine Schuld. Und jetzt, da ich dir meine Schubkarre gegeben habe, wirst du mir sicher zum Dank gerne einige Blumen dafür geben. Hier ist der Korb, und vergiß nicht, ihn ganz voll zu machen.‹

›Ganz voll?‹ fragte der kleine Hans etwas beklommen, denn es war wirklich ein sehr großer Korb, und er wußte, wenn er ihn füllte, dann würden ihm keine Blumen mehr übrig bleiben für den Markt, und er war sehr begierig, seine silbernen Knöpfe zurück zu bekommen.

›Aber sicher‹, antwortete der Müller, ›denn da ich dir meine Schubkarre gegeben habe, ist es doch wirklich nicht zuviel verlangt, wenn ich dich um ein paar Blumen bitte. Ich mag mich irren, aber ich habe nun einmal geglaubt, daß Freundschaft, wahre Freundschaft ganz frei sei von Selbstsucht irgendwelcher Art.‹

›Mein teurer Freund, mein bester Freund‹, rief der kleine Hans, ›du kannst alle Blumen in meinem Garten haben. Lieber will ich mir deine gute Meinung bewahren, als meine Silberknöpfe überhaupt wiederhaben‹, und er lief und pflückte alle seine schönen Schlüsselblumen und füllte des Müllers Korb.

›Leb wohl, kleiner Hans‹, sagte der Müller und ging mit der Planke auf seiner Schulter und dem großen Korb in seiner Hand den Hügel hinauf.

›Leb wohl‹, sagte der kleine Hans, und er begann ganz lustig weiter zu graben, er freute sich so über die Schubkarre.

Am nächsten Tag nagelte er etwas Geißblatt an seiner Vorhalle fest, als er die Stimme des Müllers hörte, die ihn von der Straße aus anrief. Da sprang er die Leiter hinab, rannte durch den Garten und schaute über die Mauer.

Draußen stand der Müller mit einem schweren Sack Mehl auf seinem Rücken.

›Lieber kleiner Hans‹, sagte der Müller, ›macht es dir was aus, wenn du diesen Sack Mehl für mich auf den Markt bringst?‹

›O, es tut mir so leid‹, sagte der kleine Hans, ›aber ich bin wirklich heute sehr beschäftigt. Ich muß all meine Schlingpflanzen annageln, all meine Blumen begießen und meinen ganzen Grasboden walzen.‹

›Aber wirklich‹, sagte der Müller, ›in Anbetracht, daß ich dir meine Schubkarre gebe, ist es sehr unfreundlich von dir, mir so etwas abzuschlagen.‹

›O, sage das nicht‹, rief der kleine Hans, ›um alles in der Welt möchte ich nicht unfreundlich gegen dich sein‹, und er holte schnell seine Mütze und trottete davon mit dem schweren Sack auf seinen Schultern.

Es war ein ungewöhnlich heißer Tag, die Straße war schrecklich staubig, und ehe Hans den sechsten Meilenstein erreicht hatte, war er so müde, daß er sich hinsetzen mußte, um auszuruhen. Aber er schritt tapfer weiter und erreichte schließlich den Markt. Als er dort eine Weile gewartet hatte, verkaufte er den Sack Mehl zu einem sehr guten Preis und kehrte dann sofort nach Hause zurück, denn er fürchtete, wenn er sich zulange aufhielte, daß er dann auf dem Wege Räubern begegnen könnte.

›Es ist wirklich ein harter Tag gewesen‹, sagte der kleine Hans zu sich selbst, als er zu Bett ging, ›aber ich bin froh, daß ich es dem Müller nicht abgeschlagen habe, denn er ist mein bester Freund, und er gibt mir auch seine Schubkarre.‹

Früh am nächsten Morgen kam der Müller, um das Geld für seinen Sack Mehl zu holen, aber der kleine Hans war so müde, daß er noch im Bette lag.

›Wahrhaftig‹, sagte der Müller, ›du bist sehr faul. Tatsächlich, wenn ich bedenke, daß ich dir meine Schubkarre geben will, dann darf ich doch annehmen, du würdest etwas mehr arbeiten. Müßiggang ist eine schwere Sünde, und ich liebe es sicherlich nicht, wenn einer meiner Freunde müßig oder träge ist. Du mußt mir nicht übelnehmen, daß ich ganz offen zu dir rede. Natürlich würde mir im Traum nicht einfallen, so etwas zu tun, wenn ich nicht dein Freund wäre. Aber was hat man von der Freundschaft, wenn man nicht offen seine Meinung sagen darf? Jeder kann liebenswürdige Bemerkungen machen, schmeicheln und zu gefallen suchen, aber ein wahrer Freund sagt immer unangenehme Dinge und macht sich nichts daraus, wenn er den andern verletzt. Ja, wenn er ein wirklich echter Freund ist, dann tut er das sogar lieber, denn er weiß, daß er damit etwas Gutes tut.‹

›Es tut mir sehr leid‹, sagte der kleine Hans, indem er sich die Augen rieb und seine Nachtmütze abnahm, ›aber ich war so müde, daß ich absichtlich noch etwas im Bette liegen blieb, um dem Gesang der Vögel zu lauschen. Weißt du, daß ich immer viel besser arbeite, wenn ich die Vögel habe singen gehört?‹

›Ja, das freut mich‹, sagte der Müller, indem er dem kleinen Hans auf den Rücken klopfte, ›denn ich möchte, daß du, sobald du angezogen bist, zur Mühle herauf kommst und mir mein Scheunendach ausbesserst.‹

Der arme kleine Hans war sehr besorgt, in seinen Garten zu kommen und dort zu arbeiten, denn seine Blumen waren zwei Tage nicht begossen worden, aber er wollte dem Müller nichts abschlagen, denn er war doch solch ein guter Freund von ihm.

›Würdest du es für unfreundlich halten, wenn ich sagte, ich wäre beschäftigt?‹ fragte er mit scheuer und ängstlicher Stimme.

›In der Tat‹, antwortete der Müller, ›ich glaube nicht sehr viel von dir verlangt zu haben, wenn ich bedenke, daß ich dir doch meine Schubkarre gebe; aber natürlich, wenn du dich weigerst, gehe ich und tue es selbst.‹

›O, auf keinen Fall‹, schrie der kleine Hans; und er sprang aus dem Bett, zog sich an und ging zur Scheune hinauf.

Er arbeitete dort den ganzen Tag bis zum Sonnenuntergang, und bei Sonnenuntergang kam der Müller, um zu sehen, wie er vorwärts käme.

›Hast du jetzt das Loch in dem Dach ausgebessert, kleiner Hans?‹ rief der Müller mit munterer Stimme.

›Es ist völlig ausgebessert‹, antwortete der kleine Hans und stieg die Leiter hinab.

›Ah‹, sagte der Müller, ›es ist doch keine Arbeit so angenehm wie die, die man für andere tut.‹

›Es ist sicher ein großer Vorzug, dich sprechen zu hören‹, antwortete der kleine Hans, indem er sich hinsetzte und die Stirne wischte, ›ein wirklich großer Vorzug. Aber ich fürchte, ich werde wohl nie so schöne Gedanken haben wie du.‹

›O, sie werden dir schon kommen‹, sagte der Müller, ›aber du mußt dir mehr Mühe geben. Jetzt hast du nur die Praxis der Freundschaft; eines Tages wirst du auch die Theorie haben.‹

›Glaubst du wirklich, daß ich sie erlange?‹ fragte der kleine Hans.

›Ich zweifle nicht daran‹, antwortete der Müller; ›aber jetzt, da du das Dach ausgebessert hast, tust du gut, nach Hause zu gehen und dich auszuruhen, denn ich möchte, daß du morgen meine Schafe auf die Berge triebest.‹

Der arme kleine Hans fürchtete sich, etwas hierzu zu sagen, und früh am nächsten Morgen brachte der Müller seine Schafe nach der Hütte, und Hans brach mit ihnen nach den Bergen auf. Er brauchte den ganzen Tag, um dort hin und wieder zurück zu kommen; und als er zu Hause war, war er so müde, daß er auf seinem Stuhl einschlief und erst am hellen Tag wieder aufwachte.

›Wie herrlich wird es heute in meinem Garten sein‹, sagte er; und er begann sofort zu arbeiten.

Aber irgendwie kam er nie dazu, im geringsten nach seinen Blumen zu sehen, denn sein Freund, der Müller, sprach jeden Augenblick bei ihm vor und hatte weite Gänge für ihn, oder er holte ihn zur Hilfe in die Mühle. Der kleine Hans war manchmal recht betrübt, da er fürchtete, die Blumen dächten, er hätte sie vergessen. Aber er tröstete sich mit der Erwägung, daß der Müller sein bester Freund sei. ›Übrigens‹, pflegte er zu sagen, ›er gibt mir ja auch seine Schubkarre, und das ist ein Akt reinen Edelmuts.‹

So arbeitete denn der kleine Hans weiter für den Müller, und der Müller sagte schöne Dinge aller Art über die Freundschaft, die Hans in ein Notizbuch schrieb und nachts zu lesen pflegte, denn er war ein sehr guter Schüler.

Nun geschah es, daß der kleine Hans eines Abends an seinem Herd saß, als ein lautes Pochen an die Tür kam. Es war eine äußerst wilde Nacht, und der Sturm blies und brüllte so schrecklich um das Haus, daß Hans zuerst dachte, es sei nur das Wetter gewesen. Aber da kam ein zweites Pochen und dann ein drittes, lauter als die beiden andern.

›Es ist ein armer Wandersmann‹, sagte sich der kleine Hans, als er zur Türe lief.

Da stand der Müller mit einer Laterne in einer Hand und einem schweren Stock in der andern.

›Lieber kleiner Hans‹, rief der Müller, ›ich bin in großer Sorge. Mein kleiner Junge ist eine Leiter hinab gefallen und hat sich verletzt, so daß ich zum Doktor muß. Aber er wohnt so weit weg, und es ist solch eine schlimme Nacht, daß es mir gerade einfiel, es würde wohl viel besser sein, wenn du an meiner Stelle hingingest. Du weißt, ich gebe dir meine

Schubkarre und darum ist es nicht mehr als recht, wenn du dafür auch etwas für mich tust.‹

›Gewiß‹, rief der kleine Hans, ›ich betrachte es sogar als eine Auszeichnung, daß du zu mir kommst, und will sofort aufbrechen. Aber du mußt mir deine Laterne leihen, denn die Nacht ist so dunkel, daß ich fürchte, in den Graben zu fallen.‹ ›Es tut mir sehr leid‹, antwortete der Müller, ›aber es ist meine neue Laterne, und es würde für mich ein großer Verlust sein, wenn ihr etwas zustieße.‹

›O, das hat nichts zu sagen, es wird auch so gehen‹, rief der kleine Hans, und er nahm seinen schweren Pelzmantel und seine warme rote Mütze von der Wand, band ein Tuch um seinen Hals und marschierte los.

Was für ein schrecklicher Sturm wehte draußen! Die Nacht war so finster, daß der kleine Hans kaum sehen konnte, und der Wind war so stark, daß er mit Mühe stehen konnte. Trotzdem hatte er guten Mut, und nachdem er drei Stunden marschiert war, langte er an des Doktors Haus an und klopfte an die Türe.

›Wer ist da?‹ rief der Doktor, indem er den Kopf aus dem Fenster seines Schlafzimmers steckte.

›Der kleine Hans, Doktor.‹

›Was willst du, kleiner Hans?‹

›Des Müllers Sohn ist von der Leiter gefallen und hat sich verletzt, und der Müller möchte, daß Sie sofort zu ihm hinkämen.‹

›Gewiß!‹ sagte der Doktor; und er ließ sein Pferd satteln, zog seine schweren Stiefel an, nahm seine Laterne und kam herab. Dann ritt er fort in der Richtung nach des Müllers Haus, und der kleine Hans trottete hinter ihm her.

Aber der Sturm wurde schlimmer und schlimmer, der Regen fiel in Strömen, und der kleine Hans konnte nicht sehen, wo er ging, noch mit dem Pferde Schritt halten. Schließlich kam er vom Weg ab und verlor sich auf das Moor, was ein sehr gefährlicher Platz war. Denn es war voll tiefer Löcher, und schließlich ertrank der kleine Hans in einem. Am nächsten Tage fanden einige Ziegenhirten seinen Leichnam, der in einem großen Wasserloch schwamm, und brachten ihn in seine Hütte.

Alles ging zu des kleinen Hans Begräbnis, denn er war sehr beliebt, und der Müller war der Hauptleidtragende.

›Da ich sein bester Freund war‹, sagte der Müller, ›ist es nicht mehr als recht, daß ich auch den besten Platz habe‹, und so marschierte er an der Spitze des ganzen Gefolges in einem langen, schwarzen Rock, und immer wieder wischte er sich die Augen mit einem großen Taschentuch.

›Der kleine Hans ist sicher für uns alle ein großer Verlust‹, sagte der Hufschmied, als das Begräbnis vorbei war, und sie alle gemütlich in der Schenke saßen, gewürzten Wein tranken und süßen Kuchen aßen.

›Jedenfalls ein großer Verlust für mich‹, antwortete der Müller; ›ach ja, ich hatte ihm meine Schubkarre schon so gut wie geschenkt, und jetzt weiß ich wirklich nicht, was ich mit ihr anfangen soll. Sie ist mir zu Hause sehr im Wege und dabei in einem so schlechten Zustande, daß ich überhaupt nichts dafür bekomme, wenn ich sie verkaufe. Ich werde mich gewiß hüten, noch einmal etwas fortzugeben. Man hat immer nur Schaden, wenn man edelmütig ist‹.«

»Nun?« fragte die Wasserratte nach einer langen Pause.

»Nun, das ist der Schluß«, sagte der Hänfling.

»Aber, was ist denn aus dem Müller geworden?« fragte die Wasserratte.

»O, das weiß ich wirklich nicht«, antwortete der Hänfling; »und es interessiert mich auch sicherlich nicht.«

»Damit verraten Sie deutlich, daß Sie kein Gefühl im Charakter haben«, sagte die Wasserratte.

»Ich fürchte, Sie verstehen nicht ganz die Moral der Geschichte«, bemerkte der Hänfling.

»Was verstehe ich nicht?« schrie die Wasserratte.

»Die Moral.«

»Wollen Sie damit sagen, daß die Geschichte eine Moral hat?«

»Natürlich«, antwortete der Hänfling.

»Nun wahrhaftig«, sagte die Wasserratte und wurde sehr böse, »das hätten Sie mir sagen sollen, bevor Sie begannen. Denn wenn Sie das getan hätten, dann würde ich Sie sicherlich nicht angehört haben; oder höchstens hätte ich ›Pah‹ gesagt wie der Kritiker. Übrigens kann ich das jetzt auch noch tun.« Und so schrie sie »Pah«, so laut sie konnte, wedelte mit dem Schwanz und verschwand wieder in ihrer Höhle.

»Haben Sie eigentlich die Wasserratte gern?« fragte die Ente, die einige Minuten später herangerudert kam. »Sie hat sehr viele gute Seiten, aber ich für meinen Teil fühle nun einmal wie eine Mutter, und ich kann nie einen eingefleischten Junggesellen ansehen, ohne daß mir die Tränen in die Augen kommen.«

»Ich fürchte sehr, daß ich sie gekränkt habe«, antwortete der Hänfling. »Ich erzählte ihr nämlich eine Geschichte mit einer Moral.«

»O, das ist immer eine sehr gefährliche Sache«, sagte die Ente.

Und darin kann man ihr nur beipflichten.

Die vornehme Rakete

Des Königs Sohn sollte Hochzeit halten, daher fanden allgemeine Lustbarkeiten statt. Er hatte ein ganzes Jahr auf seine Braut gewartet, und endlich war sie angekommen. Sie war eine russische Prinzessin und hatte den ganzen Weg von Finnland aus in einem Schlitten zurückgelegt, der von sechs Renntieren gezogen wurde. Der Schlitten besaß die Form eines großen goldenen Schwans, und mitten zwischen den Flügeln des Schwans lag die Prinzessin selbst. Ihr langer Hermelinmantel reichte bis zu ihren Füßen hinab, auf ihrem Kopf saß eine zierliche, silberbestickte Mütze, und sie war so bleich wie der Eispalast, in dem sie immer gelebt hatte. So bleich war sie, daß alle Leute staunten, als sie durch die Straßen fuhr. »Sie ist wie eine weiße Rose!« riefen sie und warfen von den Balkonen Blumen auf sie hinab.

Am Schloßtor wartete der Prinz, um sie zu empfangen. Er hatte träumerische, veilchenblaue Augen, und sein Haar war wie reines Gold. Als er sie sah, sank er auf ein Knie und küßte ihre Hand.

»Dein Bildnis war schön«, flüsterte er, »aber du bist schöner als dein Bildnis«, und die kleine Prinzessin errötete.

»Vorher war sie wie eine weiße Rose«, sagte ein junger Page zu seinem Nachbar, »aber jetzt ist sie wie eine rote Rose«, und der ganze Hof war entzückt.

Die nächsten drei Tage durch hatte jedermann nur die Worte im Munde: »Weiße Rose, rote Rose, rote Rose, weiße Rose«, und der König gab Befehl, daß das Gehalt des Pagen verdoppelt werden sollte. Da dieser überhaupt kein Gehalt empfing, nützte ihm das nicht viel, aber es wurde für eine große Ehre angesehen und gebührend im Hofanzeiger mitgeteilt.

Als die drei Tage vorüber waren, wurde die Hochzeit gefeiert. Es war eine herrliche Zeremonie, und Braut und Bräutigam gingen Hand in Hand unter einem Baldachin von purpurnem Samt, der mit kleinen Perlen bestickt war. Dann gab es ein Prunkmahl, das fünf Stunden dauerte. Der Prinz und die Prinzessin hatten die Ehrenplätze in dem großen Saal und tranken aus einem Kelch von reinem Kristall. Nur wahrhaft Liebende konnten aus diesem Kelch trinken, wenn falsche Lippen ihn berührten, wurde er mißfarben, blind und trübe.

»Es ist ganz klar, daß sie sich lieben«, sagte der kleine Page, »so klar wie Kristall!« und der König verdoppelte sein Gehalt zum zweiten Male. »Welch eine Ehre!« riefen alle Höflinge.

Nach dem Mahl sollte ein Ball stattfinden. Die Braut und der Bräutigam sollten miteinander den Rosentanz tanzen, und der König hatte versprochen, die Flöte zu blasen. Er spielte sehr schlecht, aber nie hatte jemand gewagt, ihm das zu sagen, denn er war der König. Eigentlich kannte er nur zwei Melodien und wußte nie ganz genau, welche von beiden er gerade spielte; aber das machte nichts aus, denn, was er auch tat, jeder schrie doch: »Reizend! reizend!«

Der letzte Punkt des Programms war eine große Feuerwerkschau, die genau um Mitternacht losgelassen werden sollte. Die kleine Prinzessin hatte nie in ihrem Leben ein Feuerwerk gesehen, daher hatte der König den Befehl gegeben, daß der Königliche Kunstfeuerwerker an ihrem Hochzeitstage die Vorführung leiten sollte.

»Wie sieht eigentlich Feuerwerk aus?« hatte sie den Prinzen eines Morgens gefragt, als sie über die Terrasse ging.

»Es sieht aus wie das Nordlicht«, sagte der König, der immer Fragen beantwortete, die an andere Leute gerichtet waren, »nur ist es viel natürlicher. Ich ziehe es sogar den Sternen vor, denn man weiß immer, wann es losgeht, und es ist so entzückend wie mein Flötenspiel. Du mußt es wirklich sehen.«

So hatte man denn am Ende des Königlichen Gartens ein hohes Gestell errichtet, und sobald der Königliche Kunstfeuerwerker alles richtig hergerichtet hatte, begannen die Feuerwerkskörper miteinander zu reden.

»Die Welt ist wirklich sehr schön«, rief ein kleiner Schwärmer. »Sehen Sie sich nur diese gelben Tulpen an. Wirklich! wenn sie richtige Knallschwärmer wären, könnten sie nicht lieblicher sein. Ich bin sehr froh, daß ich gereist habe. Reisen weitet wunderbar den Verstand, und man verliert alle seine Vorurteile.«

»Der Königliche Garten ist nicht die Welt, Sie törichter Schwärmer«, sagte eine große römische Kerze; »die Welt ist ein enormer Platz, und Sie würden drei Tage brauchen, um sie gründlich zu bereisen.«

»Jeder Platz, den wir lieben, ist für uns die Welt«, erklärte ein beschauliches Feuerrad, das im Anfang seines Lebens ein Verhältnis mit einer alten Spanschachtel gehabt hatte und sich viel auf sein gebrochenes Herz einbildete; »aber Liebe ist jetzt nicht mehr Mode; die Dichter haben sie getötet. Sie haben so viel darüber geschrieben, daß ihnen kein Mensch mehr glaubt, was mich auch nicht in Erstaunen setzt. Wahre Liebe duldet und schweigt. Ich erinnere mich selbst, wie ich einst – aber das ist jetzt ohne Belang. Romantik gehört der Vergangenheit an.«

»Unsinn!« sagte die römische Kerze, »Romantik stirbt nie. Sie ist wie der Mond und lebt ewig. Die Braut und der Bräutigam zum Beispiel lieben sich ganz zärtlich. Eine Packpapierpatrone hat mir heute morgen alles ausführlich über die beiden erzählt. Sie lag mit mir zufällig in derselben Schublade und wußte die neuesten Hofnachrichten.«

Aber das Feuerrad schüttelte seinen Kopf. »Romantik ist tot, Romantik ist tot, Romantik ist tot«, hauchte es. Es war eines von jenen Leuten, die glauben, wenn sie etwas immer und immer wieder sagen, daß es dann wahr wird.

Plötzlich ertönte ein scharfes, trockenes Husten, und alle blickten sich um.

Es kam von einer schmalen, hochmütig dreinschauenden Rakete, die an das Ende eines langen Stockes gebunden war. Sie pflegte immer zu husten, bevor sie eine Bemerkung machte, um dadurch die Aufmerksamkeit auf sich zu ziehen.

»Hm! hm!« sagte sie, und alle lauschten, mit Ausnahme des armen Feuerrades, das noch immer seinen Kopf schüttelte und hauchte: »Romantik ist tot!«

»Zur Ordnung!« schrie ein Knallschwärmer. Er war ein angehender Politiker und hatte immer einen hervorragenden Anteil an den Ortswahlen genommen, deshalb wußte er, wie man die richtigen parlamentarischen Ausdrücke anwendet.

»Ganz tot!« hauchte noch einmal das Feuerrad und schlief dann ein.

Sobald vollkommene Stille eingetreten war, hustete die Rakete zum drittenmal und begann dann zu reden. Sie sprach mit einer sehr langsamen, deutlichen Stimme, als diktierte sie ihre Memoiren, und sah die

Leute, mit denen sie sprach, immer über die Achsel an. Sie hatte wirklich ein sehr hervorragendes Benehmen.

»Welch ein Glück ist es für den Sohn des Königs«, bemerkte sie, »daß er gerade an demselben Tag verheiratet wird, an dem ich abbrenne. Wirklich, wenn es absichtlich so eingerichtet wäre, es hätte nicht glücklicher für ihn bestimmt werden können; aber Prinzen haben immer Glück.«

»Du lieber Himmel!« sagte der kleine Schwärmer, »ich dachte, es wäre gerade umgekehrt, und wir würden zu Ehren des Prinzen abgebrannt werden.«

»Bei Ihnen mag das ja zutreffen«, entgegnete die Rakete; »wirklich, ich zweifle nicht daran, aber bei mir liegt die Sache doch ganz anders. Ich bin eine sehr vornehme Rakete und stamme von vornehmen Eltern. Meine Mutter war das berühmteste Feuerrad ihres Tages und wurde wegen seines eleganten Tanzens erwähnt. Als sie ihr großes öffentliches Auftreten hatte, drehte sie sich neunzehnmal herum, ehe sie ausging, und bei jeder Umdrehung schleuderte sie sieben rosa Sterne in die Luft. Sie maß dreiundeinhalb Fuß im Durchmesser und war aus dem besten Schießpulver gemacht. Mein Vater war wie ich eine Rakete und von französischer Abstammung. Er flog so hoch, daß die Leute fürchteten, er würde überhaupt nicht wieder herunterkommen. Er tat es aber doch, denn er hatte ein freundliches Gemüt, und er machte einen höchst brillanten Abstieg in einem Schauer von goldenem Regen. Die Zeitungen drückten sich über seine Vorführung in sehr schmeichelhaften Wendungen aus. Der Staatsanzeiger nannte ihn sogar einen Triumph der pylotechnischen Kunst.« »pyrotechnisch, pyrotechnisch meinen Sie«, sagte ein bengalisches Licht; »ich weiß, das Wort heißt pyrotechnisch, denn es stand auf meiner eigenen Blechbüchse geschrieben.«

»Nun, ich habe pylotechnisch gesagt«, antwortete die Rakete mit einem strengen Ton in der Stimme, und das bengalische Licht fühlte sich so zerschmettert, daß es sofort begann, die kleinen Schwärmer anzufauchen, um zu zeigen, daß es noch eine Person von einiger Bedeutung war.

»Ich sagte«, fuhr die Rakete fort, »ich sagte – wovon sprach ich doch gerade?«

»Sie sprachen von sich selbst«, fiel die römische Kerze ein.

»Natürlich, ich wußte, daß ich einen interessanten Gegenstand erörterte, als ich so roh unterbrochen wurde. Ich hasse Roheit und schlechte Manieren jeder Art, denn ich bin unendlich feinfühlig. Niemand auf der ganzen Welt ist so feinfühlig, wie ich bin, dessen bin ich ganz sicher.«

»Was ist das, eine feinfühlende Person?« fragte der Knallschwärmer die römische Kerze.

»Eine Person, die, weil sie selbst Hühneraugen hat, stets andern auf die Zehen tritt«, antwortete die römische Kerze mit leisem Flüstern, und der Knallschwärmer platzte fast vor Lachen.

»Bitte, über was lachen Sie?« fragte die Rakete; »ich lache nicht.«

»Ich lache, weil ich glücklich bin«, antwortete der Knallschwärmer.

»Das ist ein sehr selbstsüchtiger Grund«, sagte die Rakete ärgerlich. »Welches Recht haben Sie, glücklich zu sein? Sie sollten an andere denken. Wirklich, Sie sollten an mich denken. Ich denke immer an mich selbst und erwarte, daß alle dasselbe tun. Das ist, was ich Sympathie nenne. Sie ist eine schöne Tugend, und ich besitze sie in einem hohen Grade. Nehmen wir zum Beispiel an, mir geschähe heute abend etwas, was für ein Unglück würde das für jedermann sein! Der Prinz und die Prinzessin würden nie wieder glücklich sein, ihr ganzes Eheleben wäre zerstört; und was den König angeht, so weiß ich, daß er es nicht überstehen würde. Wirklich, wenn ich anfange, über die Wichtigkeit meiner Stellung nachzudenken, dann werde ich fast bis zu Tränen gerührt.«

»Wenn Sie andern ein Vergnügen bereiten wollen«, rief die römische Kerze, »dann tun Sie besser, sich trocken zu halten.« »Natürlich«, schrie das bengalische Licht, das jetzt wieder aufgemuntert war, »das sagt einem schon der gewöhnliche Verstand.«

»Ganz recht, der gewöhnliche Verstand!« sprach die Rakete unwillig; »Sie vergessen nur, daß ich sehr ungewöhnlich bin und sehr vornehm. Überhaupt kann jeder gewöhnlichen Verstand besitzen, besonders wenn er keine Einbildung hat. Ich aber habe Einbildung, denn ich stelle mir die Dinge nie so vor, wie sie wirklich sind; ich stelle sie mir immer als etwas ganz anderes vor. Was nun die Bemerkung angeht, ich sollte mich trocken halten, so gibt es hier offenbar niemand, der eine gefühlvolle Natur zu schätzen weiß. Zum Glück für mich selbst mache ich mir nichts daraus. Das einzige, was einen im Leben aufrecht erhält, ist das Bewußtsein von der unendlichen Minderwertigkeit aller andern, und das ist ein Gefühl, das ich immer gepflegt habe. Aber Ihnen allen fehlt ja überhaupt das Herz. Sie lachen hier und machen sich lustig, als ob überhaupt kein Prinz und keine Prinzessin sich gerade verheiratet hätten.«

»Aber wirklich«, rief eine kleine Feuerkugel aus, »warum sollten wir das denn nicht? Es ist doch ein durchaus freudiges Ereignis, und wenn ich in die Luft emporsteige, dann will ich alles den Sternen erzählen. Ihr werdet sehen, wie sie blinzeln, wenn ich mich mit ihnen über die schöne Braut unterhalte.«

»Gott, was für eine gewöhnliche Lebensauffassung!« sagte die Rakete; »doch es ist nur, was ich erwartet habe. Ihnen fehlt der innere Gehalt, Sie sind hohl und leer. Wie, wenn nun einmal der Prinz und die Prinzessin aufs Land ziehen, wo ein tiefer Fluß ist, und wenn sie dann einen einzigen Sohn haben, einen kleinen blondhaarigen Knaben mit veilchenblauen Augen, wie der Prinz selbst; und wenn er dann eines Tages mit seiner Amme ausgeht, und die Amme legt sich unter einem großen Hollunderbaum zum Schlafen nieder; und wenn dann der kleine Knabe in den tiefen Fluß fällt und ertrinkt – wie, wäre das nicht ein schreckliches Unglück? Die armen Menschen, daß sie so ihr Kind verlieren müssen! Es ist wirklich zu entsetzlich! Ich werde nie darüber hinwegkommen.«

»Aber sie haben doch gar nicht ihren einzigen Sohn verloren«, sagte die römische Kerze; »es ist ihnen überhaupt kein Unglück geschehen.«

»Habe ich das vielleicht behauptet?« entgegnete die Rakete; »ich sagte, es hätte geschehen können. Wenn sie ihren einzigen Sohn wirklich verloren hätten, dann wäre es zwecklos, noch ein Wort über die Angelegenheit zu verlieren. Ich hasse Leute, die sich über geschehene Dinge aufregen. Aber wenn ich mir vorstelle, sie könnten ihren einzigen Sohn verlieren, dann bin ich davon doch sehr affektiert.«

»Das sind Sie wahrhaftig!« rief das bengalische Licht. »Sie sind überhaupt die affektierteste Person, die ich je getroffen habe.«

»Und Sie sind die roheste Person, die ich je getroffen habe«, sagte die Rakete, »Sie können natürlich meine Freundschaft mit dem Prinzen nicht verstehen.«

»Wie, Sie kennen ihn doch gar nicht?« murrte die römische Kerze.

»Ich habe nie behauptet, ich kennte ihn«, antwortete die Rakete. »Ich darf wohl sagen, wenn ich ihn kennte, würde ich keinesfalls sein Freund sein. Es ist eine sehr gefährliche Sache, seine Freunde zu kennen.«

»Sie sollten sich aber wirklich trocken halten«, sagte die Feuerkugel. »Das ist die wichtigste Sache.«

»Sehr wichtig für Sie, das bezweifle ich nicht«, antwortete die Rakete, »aber ich werde weinen, wann es mir gefällt«, und sie brach tatsächlich in wirkliche Tränen aus, die wie Regentropfen an ihrem Stock hinabrannen und beinahe zwei kleine Käfer ertränkten, die gerade daran dachten, sich da häuslich niederzulassen, und nach einem hübschen, trocknen Fleckchen suchten, um dort zu wohnen.

»Sie muß wirklich eine romantische Natur haben«, sagte das Feuerrad, »denn sie weint, wenn es gar keinen Grund zum Weinen gibt«, und es stieß einen tiefen Seufzer aus und dachte an seine Spanschachtel.

Aber die römische Kerze und das bengalische Licht waren sehr aufgebracht und riefen immerfort, so laut sie konnten: »Schwindel! Schwindel!« Sie waren äußerst praktisch, und wenn sie etwas nicht billigten, dann nannten sie es Schwindel.

Dann ging der Mond auf wie eine wundervolle silberne Scheibe; und die Sterne begannen zu scheinen, und der Klang der Musik kam aus dem Palaste.

Der Prinz und die Prinzessin führten den Tanz. Sie tanzten so schön, daß die hohen weißen Lilien durch das Fenster blickten und ihnen zusahen, und daß die großen roten Mohnblumen mit den Köpfen nickten und den Takt angaben.

Dann schlug die Uhr zehn und dann elf und dann zwölf, und mit dem letzten Schlag der Mitternachtsstunde kamen alle heraus auf die Terrasse, und der König ließ den königlichen Kunstfeuerwerker kommen.

»Beginnen Sie mit dem Feuerwerk«, sagte der König; und der königliche Kunstfeuerwerker machte eine tiefe Verbeugung und marschierte nach dem Ende des Gartens. Er hatte sechs Gehilfen bei sich, von denen jeder an einem langen Stabe eine brennende Fackel trug.

Es war sicherlich ein großartiges Schauspiel.

Sß, Sß! machte das Feuerrad und drehte sich rasend herum. Bumm! bumm! dröhnte die römische Kerze. Dann tanzten die Schwärmer über den ganzen Platz, und die bengalischen Lichter tauchten alles in rote Glut. »Lebt wohl!« rief die Feuerkugel, als sie emporstieg und winzige, blaue Funken sprühte. Piff! Paff! antworteten die Knallschwärmer, die sich unendlich amüsierten. Alle hatten sie einen großen Erfolg, mit Ausnahme der vornehmen Rakete. Sie war so durchnäßt vom Weinen, daß sie überhaupt nicht losgehen konnte. Das beste in ihr war das Schießpulver, und das war so feucht von Tränen, daß es unbrauchbar geworden war. Alle ihre armen Verwandten, zu denen sie nur mit einem Nasenrümpfen sprechen mochte, schossen in die Luft wie wundervolle goldne Blumen mit Blüten von Feuer. Heißa! heißa! schrie der Hof, und die kleine Prinzessin lachte vor Vergnügen.

»Ich glaube, ich werde für eine besondere Gelegenheit aufgespart«, sagte die Rakete, »zweifellos ist das die Absicht«, und sie schaute hochmütiger drein als je.

Am nächsten Tag kamen die Arbeiter, um alles sauber zu machen. »Das ist offenbar eine Deputation«, sagte die Rakete; »ich werde sie mit geziemender Würde empfangen.« Sie steckte also ihre Nase in die Luft und begann, ihre Stirne in strenge Falten zu ziehen, als ob sie über irgendeine wichtige Angelegenheit nachdächte. Aber sie beachteten sie gar nicht, bis sie gerade dabei waren, wieder wegzugehen. Da erblickte sie einer. »Holla«, rief er, »was für eine schlechte Rakete!« und er warf sie über die Mauer in den Graben.

»Schlechte Rakete? Schlechte Rakete?« fragte sie, als sie durch die Luft wirbelte; »unmöglich! prächtige Rakete hat der Mann gesagt. Schlechte und prächtige Rakete klingen fast gleich, sie sind es überhaupt öfters«, und sie fiel in den Schlamm.

»Es ist nicht behaglich hier«, bemerkte sie, »aber zweifellos ist es ein vornehmer Badeort, und sie haben mich hierher geschickt, damit ich mich gesundheitlich erhole. Meine Nerven sind auch tatsächlich sehr angegriffen, und ich brauche Ruhe.« Da kam ein kleiner Frosch mit

glänzenden Juwelenaugen und einem grüngetupften Rock auf sie zuge-
schwommen.

»Aha, ein neuer Ankömmling!« sagte der Frosch. »Nun, alles in allem,
es geht doch nichts über Schlamm. Wenn ich nur Regenwetter und einen
Graben habe, bin ich ganz glücklich. Glauben Sie, daß wir einen
feuchten Nachmittag bekommen? Natürlich hoffe ich es, aber der
Himmel ist ganz blau und wolkenlos. Wie schade!«

»Hm! hm!« sagte die Rakete und begann zu husten.

»Was für eine entzückende Stimme haben Sie!« rief der Frosch.
»Wirklich, sie ist ganz wie ein Gequak, und Quaken ist natürlich der
musikalischste Klang in der Welt. Heute abend werden Sie unsern Ge-
sangverein hören. Wir sitzen in dem alten Ententeich dicht bei dem
Bauernhaus, und sobald der Mond aufgeht, fangen wir an. Es ist so be-
zaubernd, daß alles wach liegt, um uns zu lauschen. Tatsächlich, erst
gestern hörte ich, wie die Bauernfrau zu ihrer Mutter sagte, sie habe
nachts unsertwegen kein Auge zumachen können. Es ist doch höchst
erfreulich, wenn man so populär ist.«

»Hm! hm!« sagte die Rakete ärgerlich. Sie war sehr entrüstet, weil sie
nicht zu Worte kommen konnte.

»Wirklich, eine entzückende Stimme«, fuhr der Frosch fort; »hoffentlich kommen Sie zum Ententeich hinüber. Ich muß jetzt fort, um nach
meinen Töchtern zu sehen. Ich habe sechs schöne Töchter und fürchte
so sehr, der Hecht möchte sie treffen. Er ist ein wirkliches Scheusal und
würde kein Bedenken tragen, sie zum Frühstück zu verzehren. Nun,
auf Wiedersehn. Ihre Unterhaltung hat mir wirklich sehr viel Vergnügen
gemacht.«

»Das nennen Sie Unterhaltung?« fragte die Rakete. »Sie haben die
ganze Zeit über allein gesprochen. So was ist keine Unterhaltung.«

»Einer muß zuhören«, antwortete der Frosch, »und ich liebe es, das
Reden selbst zu besorgen. Es spart Zeit und verhindert Auseinandersetzungen.«

»Aber ich liebe Auseinandersetzungen«, sagte die Rakete.

»Hoffentlich nicht«, meinte der Frosch gleichmütig. »Auseinandersetzungen sind äußerst unfein, denn in guter Gesellschaft haben alle die-

selbe Meinung. Nochmals, auf Wiedersehn; ich bemerke da hinten meine Töchter«, und der kleine Frosch schwamm hinweg.

»Sie sind eine ganz unausstehliche Person«, rief die Rakete, »und sehr schlecht erzogen. Ich hasse Leute, die, wie Sie es tun, von sich selbst reden, während ich nach meiner Gewohnheit von mir reden möchte. Das nenne ich Selbstsucht, und Selbstsucht ist das verächtlichste, was es gibt, besonders wenn sie sich gegen jemand von meiner Veranlagung richtet, denn ich bin wegen meiner gefühlvollen Natur bekannt. Wirklich, Sie könnten sich an mir ein Beispiel nehmen, ein besseres Vorbild als mich finden Sie überhaupt nicht. Jetzt, da Sie das Glück haben, sollten Sie es auch ausnutzen, denn ich gehe in kürzester Zeit wieder an den Hof zurück. Ich stehe beim Hof im höchsten Ansehen; in der Tat, mir zu Ehren wurden gestern der Prinz und die Prinzessin verheiratet. Natürlich wissen Sie von all diesen Dingen nichts, denn Sie sind ja aus der Provinz.«

»Es hat keinen Zweck, zu ihm zu sprechen«, sagte eine Libelle, die auf der Spitze eines hohen, braunen Schilfrohrs saß; »es hat gar keinen Zweck, denn er ist fort.«

»Nun, um so schlimmer für ihn«, antwortete die Rakete. »Ich werde nicht zu reden aufhören, weil er zufällig nicht acht gibt. Ich höre mich selbst gerne reden. Es ist eins meiner größten Vergnügen. Ich führe oft lange Unterhaltungen mit mir selbst und bin so geistreich, daß ich manchmal nicht ein einziges Wort von dem verstehe, was ich sage.« »Dann sollten Sie wirklich Vorlesungen über Philosophie halten«, sagte die Libelle; und sie breitete ein paar liebliche Gazeflügel aus und flog in die Luft empor.

»Wie töricht von ihr, daß sie nicht hierblieb!« sagte die Rakete. »Sicherlich hat sie nicht oft eine solche Aussicht gehabt, ihre Kenntnisse zu vermehren. Übrigens ist es mir gänzlich gleichgültig. Ein Genie wie ich wird bestimmt eines Tages anerkannt werden«, und sie sank ein klein wenig tiefer in den Morast.

Nach einiger Zeit schwamm eine große, weiße Ente auf sie zu. Sie hatte gelbe Beine und Schwimmhäute an den Füßen und wurde wegen ihres Watschelns für eine große Schönheit gehalten.

»Quak, quak, quak«, sagte sie. »Wie merkwürdig Sie aussehen! Darf ich fragen, ob Sie so geboren sind, oder ob es die Folge eines Unfalls ist?«

»Man sieht ganz deutlich, daß Sie immer auf dem Lande gelebt haben«, antwortete die Rakete, »sonst wüßten Sie, wer ich bin. Aber ich verzeihe Ihnen Ihre Unwissenheit. Es wäre unrecht, zu erwarten, daß andere Leute so vornehm sind, wie man selbst ist. Es wird Sie zweifellos in Staunen versetzen, wenn Sie hören, daß ich in die Luft fliegen kann und in einem Schauer von goldenem Regen wieder herunterkomme.«

»Davon halte ich nicht viel«, sagte die Ente, »denn ich sehe nicht ein, was das irgend jemand nützen soll. Aber wenn Sie wie der Ochse die Felder pflügen, oder wie ein Pferd einen Wagen ziehen könnten, oder wenn Sie wie der Schäferhund nach den Schafen sehen könnten, das wäre etwas.«

»Mein gutes Geschöpf«, rief die Rakete mit einem sehr stolzen Ton in ihrer Stimme, »ich sehe, Sie gehören zu den niederen Klassen. Eine Person von meinem Rang ist nie zu etwas nütze. Wir haben gewisse Fähigkeiten, und das ist mehr als genügend. Ich habe keine Vorliebe für irgendwelche gewerbliche Tätigkeit, am wenigsten für solche, wie Sie sie mir da zu empfehlen scheinen. Ich bin überhaupt der Meinung, daß grobe Arbeit eine Ausflucht für solche Leute ist, die in Wirklichkeit nichts zu tun haben.«

»Gewiß, gewiß«, sagte die Ente, die sehr friedlich veranlagt war und nie mit jemand stritt, »jeder hat einen andern Geschmack. Jedenfalls hoffe ich, daß Sie sich hier dauernd niederlassen.«

»Auf keinen Fall, meine Liebe!« rief die Rakete. »Ich bin nur ein Besucher, ein vornehmer Besucher. Übrigens finde ich diesen Platz sehr langweilig. Es ist weder Gesellschaft hier noch Einsamkeit. Im Grunde ist es richtige Vorstadt. Ich werde wahrscheinlich wieder an den Hof zurückkehren, denn ich weiß, daß ich bestimmt bin, in der Welt Aufsehen zu erregen.«

»Ich habe auch schon einmal daran gedacht, in das öffentliche Leben einzutreten«, bemerkte die Ente; »es gibt so viele Dinge, die man reformieren müßte. Vor einiger Zeit habe ich dann auch den Vorsitz in einer Versammlung übernommen, und wir nahmen Resolutionen an, in denen alles verdammt wurde, was wir nicht liebten. Aber sie scheinen keine große Wirkung gehabt zu haben. Jetzt bin ich mehr für die Häuslichkeit und bekümmere mich um meine Familie.«

»Ich bin für das öffentliche Leben geschaffen«, sagte die Rakete, »und alle meine Verwandten, selbst die geringsten, sind es auch. So oft wir auch erscheinen, erregen wir großes Aufsehen. Ich selbst bin bisher noch nicht wirklich aufgetreten, aber wenn ich es tue, wird man einen herrlichen Anblick haben. Was Häuslichkeit angeht, die macht einen früh alt und zieht den Geist von den höheren Dingen ab.«

»Ach ja, die höheren Dinge des Lebens, wie wundervoll sind sie!« sagte die Ente; »aber das erinnert mich daran, daß ich Hunger habe«, und sie schwamm davon, der Strömung nach, und sagte: »Quak, quak, quak.«

»Kommen Sie zurück! kommen Sie zurück!« schrie die Rakete, »ich habe Ihnen noch sehr viel zu sagen«, aber die Ente gab keine Acht auf sie. »Ich bin froh, daß sie weg ist«, sagte die Rakete, »ihre Ansichten sind ganz kleinbürgerlich«, und sie sank ein wenig tiefer in den Schlamm und begann über die Einsamkeit des Genies nachzudenken, als plötzlich zwei kleine Knaben in weißen Kitteln das Ufer herabrannten mit einem Kessel und einigen Holzscheiten.

»Dies muß eine Deputation sein«, sagte die Rakete und versuchte, ein sehr würdevolles Gesicht zu machen.

»Hallo!« schrie der eine der Knaben, »sieh diesen alten Stock! Wie mag der wohl hierhergekommen sein«, und er fischte die Rakete aus dem Graben hervor.

»Alter Stock!« sagte die Rakete, »unmöglich! Seltner Stock, hat er gesagt. Seltner Stock ist sehr schmeichelhaft. Wahrhaftig, er hält mich für einen Würdenträger vom Hofe!«

»Wir wollen ihn mit ins Feuer werfen!« sagte der andere Knabe, »desto schneller kocht der Kessel.«

Sie schichteten nun die Scheite zusammen, legten die Rakete oben drauf und steckten das Feuer an.

»Das ist großartig«, rief die Rakete; »sie lassen mich am hellen Tag losgehen, so daß mich jeder sehen kann.«

»Wir wollen jetzt schlafen«, sagten die Knaben, »wenn wir aufwachen, wird der Kessel kochen«, und sie legten sich ins Gras und schlossen die Augen.

Die Rakete war sehr feucht, und so dauerte es ziemlich lange, bis sie brannte. Schließlich aber faßte sie das Feuer.

»Jetzt gehe ich los!« rief sie und hielt sich ganz steif und gerade. »Ich weiß, ich werde viel höher fliegen als die Sterne, viel höher als der Mond, viel höher als die Sonne.«

Sß! Sß! Sß! machte sie und stieg steil in die Luft.

»Wundervoll!« rief sie, »so werde ich immer weiter fliegen. Welch einen Erfolg habe ich!«

Aber niemand sah sie.

Dann überkam sie auf einmal ein seltsames, prickelndes Gefühl. »Jetzt werde ich explodieren«, rief sie. »Ich werde die ganze Welt in Brand setzen und einen solchen Lärm machen, daß ein ganzes Jahr lang niemand von etwas anderem sprechen wird.« Und sie explodierte auch wirklich. Daran war nicht zu zweifeln. Aber niemand hörte sie, nicht einmal die beiden kleinen Knaben, denn die lagen in festem Schlaf.

Und es blieb nichts von ihr übrig als der Stock, und der fiel einer Gans auf den Rücken, die den Graben entlang einen Spaziergang machte.

»Du lieber Himmel!« rief die Gans. »Es regnet Stöcke«, und sie stürzte sich ins Wasser.

»Ich wußte ja, daß ich ein großes Aufsehen erregen würde«, keuchte die Rakete, und dann erlosch sie.

Karl-Maria Guth (Hg.)

Dekadente Erzählungen

HOFENBERG

Dekadente Erzählungen

Im kulturellen Verfall des Fin de siècle wendet sich die Dekadenz ab von der Natur und dem realen Leben, hin zu raffinierten ästhetischen Empfindungen zwischen ausschweifender Lebenslust und fatalem Überdruss. Gegen Moral und Bürgertum frönt sie mit überfeinen Sinnen einem subtilen Schönheitskult, der die Kunst nichts anderem als ihr selbst verpflichtet sieht.

Rainer Maria Rilke Die Aufzeichnungen des Malte Laurids Brigge **Joris-Karl Huysmans** Gegen den Strich **Hermann Bahr** Die gute Schule **Hugo von Hofmannsthal** Das Märchen der 672. Nacht **Rainer Maria Rilke** Die Weise von Liebe und Tod des Cornets Christoph Rilke

ISBN 978-3-8430-1881-4, 412 Seiten, 29,80 €

Karl-Maria Guth (Hg.)

Erzählungen aus dem Sturm und Drang

HOFENBERG

Erzählungen aus dem Sturm und Drang

Zwischen 1765 und 1785 geht ein Ruck durch die deutsche Literatur. Sehr junge Autoren lehnen sich auf gegen den belehrenden Charakter der - die damalige Geisteskultur beherrschenden - Aufklärung. Mit Fantasie und Gemütskraft stürmen und drängen sie gegen die Moralvorstellungen des Feudalsystems, setzen Gefühl vor Verstand und fordern die Selbstständigkeit des Originalgenies.

Jakob Michael Reinhold Lenz Zerbin oder Die neuere Philosophie **Johann Karl Wezel** Silvans Bibliothek oder die gelehrten Abenteuer **Karl Philipp Moritz** Andreas Hartknopf. Eine Allegorie **Friedrich Schiller** Der Geisterseher **Johann Wolfgang Goethe** Die Leiden des jungen Werther **Friedrich Maximilian Klinger** Fausts Leben, Taten und Höllenfahrt

ISBN 978-3-8430-1882-1, 476 Seiten, 29,80 €

Karl-Maria Guth (Hg.)

Erzählungen aus dem Sturm und Drang II

HOFENBERG

Erzählungen aus dem Sturm und Drang II

Johann Karl Wezel Kakerlak oder die Geschichte eines Rosenkreuzers **Gottfried August Bürger** Münchhausen **Friedrich Schiller** Der Verbrecher aus verlorener Ehre **Karl Philipp Moritz** Andreas Hartknopfs Predigerjahre **Jakob Michael Reinhold Lenz** Der Waldbruder **Friedrich Maximilian Klinger** Geschichte eines Teutschen der neusten Zeit

ISBN 978-3-8430-1883-8, 436 Seiten, 29,80 €